Les Éditions du Boréal
4447, rue Saint-Denis
Montréal (Québec) H2J 2L2
www.editionsboreal.qc.ca

LETTRE À SALOMÉ

Une photo dans la valise, Hurtubise HMH, 1995.

Les Caprices du vent, Pierre Tisseyre, 1998.

Le Moussaillon de la Grande-Hermine, Hurtubise HMH, 1998.

Le Secret du bois des Érables, Éditions HRW, 1998.

L'Orpheline de la maison Chevalier, Hurtubise HMH, 1999.

Passeport pour l'an 2000, Éditions de la Paix, 1999.

Le Huard au bec brisé, Pierre Tisseyre, 2000.

Le Paravent chinois, Éditions de la Paix, 2000.

La Peur au cœur, Boréal, 2000.

Le Secret de Marie-Victoire, Hurtubise HMH, 2000.

Le Vol des Chimères, Pierre Tisseyre, 2000.

Daphnée, la petite sorcière, Éditions de la Paix, 2001.

*La Dernière Nuit de l'*Empress of Ireland, Pierre Tisseyre, 2001.

L'Inconnu du monastère, Éditions de la Paix, 2001.

Les Mirages de l'aube, Pierre Tisseyre, 2001.

Conrad, le gadousier, Pierre Tisseyre, 2002.

Le Choc des rêves, Pierre Tisseyre, 2002.

Le Grand Duc, Éditions de la Paix, 2002.

Sur les traces des Caméléons, Éditions Vents d'Ouest, 2002.

Au château de Sam Lord, Hurtubise HMH, 2003.

Les Temps fourbes, Pierre Tisseyre, 2003.

Vaco, le Moche, Pierre Tisseyre, 2003.

Pour un panier de pêches, Pierre Tisseyre, 2004.

Trente minutes de courage, Hurtubise HMH, 2004.

Le Petit Carnet rouge, Hurtubise HMH, 2005.

Le Secret du château de la Bourdaisière, Pierre Tisseyre, 2005.

Le Cadeau du vent, Phoenix, 2006.

Josée Ouimet

LETTRE À SALOMÉ

Boréal

Les Éditions du Boréal reconnaissent l'aide financière du gouvernement du Canada par l'entremise du Programme d'aide au développement de l'industrie de l'édition (PADIÉ) pour ses activités d'édition et remercient le Conseil des Arts du Canada pour son soutien financier.

Les Éditions du Boréal sont inscrites au Programme d'aide aux entreprises du livre et de l'édition spécialisée de la SODEC et bénéficient du Programme de crédit d'impôt pour l'édition de livres du gouvernement du Québec.

Illustration de la couverture : Bruce Roberts

© Les Éditions du Boréal 2007
Dépôt légal : 3e trimestre 2007
Bibliothèque et Archives nationales du Québec

Diffusion au Canada : Dimedia
Diffusion et distribution en Europe : Volumen

Catalogage avant publication de Bibliothèque et Archives nationales du Québec et Bibliothèque et Archives Canada

    Ouimet, Josée, 1954-

    Lettre à Salomé

    (Boréal inter ; 48)
    Pour les jeunes de 10 ans et plus

    ISBN 978-2-7646-0553-0

    I. Titre. II. Collection.

PS8579.U444L47   2007   C843'.54   C2007-941745-0
PS9579.U444L47   2007

À tous ceux et celles qui refusent de banaliser le cynisme.

Notre vie est un roman qui s'écrit tout seul, et nous sommes des personnages qui ne comprennent pas toujours très bien ce que veut l'auteur...

GRAHAM GREENE

1

La fuite

Une pluie diluvienne balaie la route asphaltée qui s'étire au loin. Olivier cache son visage au creux de son coude replié, tentant de se soustraire aux rafales de vent qui lui fouettent le visage. Ses vêtements trempés qui lui collent au corps le font paraître encore plus mince. Sur son chandail noir brillent les lettres argentées d'un logo à la mode. Sur sa tête, une casquette arborant les lettres *Quick Silver* complète sa tenue vestimentaire de jeune adepte de la musique hip-hop.

Durant une courte accalmie, Olivier s'arrête, relève la tête et scrute l'obscurité devant lui. À cette heure de la nuit, la campagne est déserte. Il jette un coup d'œil rapide à sa montre : vingt-trois heures vingt. Pivotant sur ses talons, il prend la mesure de l'immensité déserte parcourue depuis maintenant plus de deux heures et pousse un profond soupir de lassitude. Dans le ciel se pressent toujours des nuages menaçants. L'orage qui déferle au-dessus de lui n'est en rien comparable à celui qui gronde dans sa tête et dans son cœur. En rien comparable à l'angoisse qui l'envahit de plus en plus. Cette fugue le place dorénavant sur un chemin sans issue. Dans une situation de non-retour.

Sur ses joues, des larmes amères se mêlent soudain aux gouttes de pluie qui recommencent à tomber.

— Ils ne me le pardonneront jamais ! Jamais !

Il fixe longuement ses mains sales et, dans un geste de rage impuissante, les frappe l'une contre l'autre à plusieurs reprises. Pareils à des serpents se lovant autour d'une branche, les actes qu'il a commis deux jours auparavant reviennent le hanter ; remords insoutenables.

— Je ne voulais pas, proteste-t-il à voix haute, en défiant le vent. Je n'avais pas le choix !

Il enfonce ses poings dans ses poches et baisse la tête.

— … pas le choix, répète-t-il en tentant de se convaincre.

Comme un mirage dans le brouillard de ses larmes, s'impose un visage auréolé d'une chevelure de jais.

— Je n'ai pas voulu, Salomé. Non, pas voulu…

Salomé, si belle dans ses habits de danseuse, évoluant, lascive, devant les regards brillants de désir des garçons de la polyvalente Duchesnay…

— C'est à cause de toi si je fuis, ce soir ! maugrée-t-il entre ses dents serrées. Toi et ton « baladi » !

Hélas ! Olivier sait fort bien que la jolie danseuse n'y est pour rien, mais que le cauchemar dans lequel il est plongé depuis plus de quarante-huit heures est dû, bien davantage, à Xavier Blondeau.

À l'évocation muette de ce nom, Olivier frissonne et se retourne d'instinct, craignant voir apparaître Blondeau et sa bande au volant d'une voiture.

De tous les élèves de son école, Xavier Blondeau était le plus beau, le plus riche, le plus *cool*. La plupart des filles le trouvaient séduisant, amusant quelquefois. Elles voulaient toutes se pavaner à son bras. Sauf quelques-unes qui le trouvaient pédant, arrogant et mal élevé. Salomé Tanzahari faisait partie de celles qui avaient toujours ouvertement refusé ses avances. Elle avait même poussé l'audace jusqu'à faire un esclandre au beau milieu de la cafétéria pendant l'heure du dîner. Elle lui avait crié qu'elle le trouvait mal élevé et lui interdisait désormais de lui adresser la parole. Xavier Blondeau ne lui avait d'ailleurs jamais pardonné et s'était juré de lui faire payer cet affront un jour ou l'autre.

Le charisme de Xavier Blondeau jouait surtout sur les garçons, qui voulaient lui ressembler. Il était devenu l'idole d'Olivier le jour où ce dernier avait mis le pied dans la classe d'histoire de madame Noiseux. L'adolescent lui avait aussitôt envié sa popularité, sa désinvolture, sa manière d'être.

« Tout à fait le contraire de moi », songe-t-il en essuyant du revers de la main la morve qui lui pend au nez.

Olivier s'était toujours trouvé très « ordinaire ». Grand, mince et peu musclé, il pensait que les filles étaient davantage attirées par des garçons un peu plus en chair que lui. De nature discrète, il se fondait dans le flot des étudiants et des étudiantes de son école sans jamais s'y faire remarquer. Il ne faisait partie d'aucune catégorie précise et personne ne lui collait d'étiquette ; ni *bolé*, ni *nerd*, ni *cool*. Bien que la polyvalente offrît plusieurs programmes sportifs invitant les jeunes à participer à des joutes de soccer, de hockey ou de football, Olivier ne participait à aucune compétition sportive. Il n'aimait pas les rassemblements, ni culturels ni sportifs. Il passait le plus clair de son temps chez lui à clavarder ou encore à regarder la télévision. Olivier était un solitaire qui ne s'affichait pas comme tel afin de ne pas soulever de commentaires ou de critiques à son endroit. Il préférait faire sa petite vie tranquille avec ses copains de toujours : Julien et Patrice, deux garçons tout aussi tranquilles que lui. Studieux et réservés.

Un matin, Olivier avait voulu que ça change, parce qu'il ne pouvait plus supporter de n'être personne. Un parmi tant d'autres, tous pareils et insignifiants…

Il voulait qu'on le remarque, qu'on l'identifie, qu'on l'admire, qu'on le craigne. Ce qu'il désirait plus que tout, c'était d'éviter de se soumettre. Plier devant les plus audacieux et les plus forts.

S'il ne pouvait être contre, il serait donc avec…

Il avait volontairement approché Xavier Blondeau et lui avait demandé à faire partie de sa bande. Une fois sa requête acceptée, Blondeau lui avait fait comprendre que c'était lui, et lui seul, le chef et qu'Olivier devait se conformer à ses exigences, obéir à ses ordres.

Tout d'abord, prétextant ne plus être à l'aise dans ses vêtements, Olivier avait regarni sa garde-robe et avait rapidement adopté un style vestimentaire différent, à l'image de ce Xavier au flegme envoûtant. Tous les soirs, devant le miroir de sa chambre, Olivier imitait sa façon de parler, poussant le mimétisme jusqu'à calquer sa démarche et son attitude sur celles de Xavier. Il avait très tôt délaissé Patrice et Julien, avec lesquels il avait pourtant tissé des liens solides depuis les années de l'école primaire. Il consacrait désormais tous ses temps libres à celui qui avait daigné l'accepter dans son clan. Ce privilège lui avait donné le sentiment d'être devenu quelqu'un.

Olivier avait changé, complètement. Osant même reléguer aux oubliettes les principes de respect et de franchise hérités de valeurs familiales bien ancrées. Depuis qu'il suivait Xavier comme son ombre, il était témoin des écarts de conduite de ce dernier, qu'il jugeait répréhensibles au fond de lui-même, mais qu'il qualifiait de « corrects » ou de « pas graves » afin de se disculper à ses propres yeux.

— C'est juste pour le *fun* ! prétendait toujours Blondeau.

Complice consentant depuis qu'il avait été admis dans cette bande, Olivier avait fermé les yeux sur différents petits larcins sans conséquence grave. Il avait même enduit de Vaseline les poignées des casiers de quelques étudiants, s'amusant chaque fois que l'un d'eux se retrouvait la main toute poisseuse. Un soir, il avait couvert de graffitis les murs d'un commerce des environs. Il avait brisé tous les bancs d'un parc de la ville avec Blondeau et ses acolytes, avant de s'attaquer à une dizaine de stèles funéraires, dans un cimetière non loin. Une autre fois, la bande s'était amusée à faire résonner tous les carillons de porte de deux immeubles du quartier, avant de prendre la poudre d'escampette en riant.

— C'était juste pour rire, se convainc Olivier. Pour rire…

Peu à peu cependant, Olivier avait été bien malgré lui entraîné dans une série de délits de plus en plus graves et sur lesquels, pourtant, il fermait toujours les yeux. Entre autres, le taxage que Xavier Blondeau exerçait sur quelques étudiants de 1re et de 2e secondaire, choisissant délibérément les jeunes d'origine ethnique différente de la sienne.

Olivier se rappelle encore le regard à la fois triste et outré de ce jeune garçon d'origine asiatique qui avait dû donner son lecteur iPod au chef de la bande. Le regard que le jeune avait posé sur chacun des complices avant de déguerpir l'avait interpellé plus qu'il n'osait se l'avouer. Puis, il y avait eu la drogue. Olivier n'avait jamais voulu en distribuer ou même toucher à ces petits sacs de polythène qui passaient de main en main et enrichissaient Xavier Blondeau.

— Je suis un lâche, murmure-t-il.

Avec toute la bande, Olivier se moquait ouvertement des gars et des filles solitaires et studieux.

— Il faut bien s'amuser un peu, pas vrai ? Tout est si ennuyeux dans cette école de merde ! disait Xavier en lui assénant des tapes amicales dans le dos.

Olivier acquiesçait en riant, renchérissant sur des propos désobligeants concernant les professeurs, la direction et, bien entendu, les autres élèves de l'école. Le venin de Blondeau s'immisçait en lui, insidieusement, irrémédiablement, au point de le rendre de plus en plus irrespectueux et effronté. Cynique. Odieux même…

— Blondeau m'a ensorcelé ! maugrée Olivier. Il nous a tous ensorcelés !

À maintes reprises, par billets secrets, Julien et Patrice avaient tenté de l'avertir du danger qu'il courait en s'acoquinant avec la bande à Blondeau. Ils avaient même supplié leur ami de se confier à ses parents qui, eux aussi, avaient remarqué un changement dans son comportement.

— Tu rentres de plus en plus tard à la maison, et nous ne savons plus qui tu fréquentes, lui avait reproché son père.

— Tu as de nouveaux amis et tu ne nous les présentes pas ! J'espère que tu ne touches pas à la drogue au moins ? avait ajouté sa mère, inquiète.

— Jamais de la vie ! s'était exclamé Olivier, faussement indigné, en roulant des yeux ronds. Je ne suis pas comme ça, moi !

Olivier se rappelle l'unique fois où il a cédé aux incitations répétées de son idole.

— Allez, juste une *puff* ! Ça n'a jamais tué personne, lui avait-il dit en riant.

La fumée âcre lui avait brûlé la gorge. Il s'était étouffé, provoquant l'hilarité générale. Rouge de honte et prétextant un problème d'asthme, il n'avait pas voulu répéter l'expérience.

Ce soir-là, pourtant, après le spectacle annuel présenté dans l'auditorium de la polyvalente, Blondeau et ses comparses avaient consommé avant d'aller siroter un soda au bistrot du coin. Hilares, les gars parlaient fort et ridiculisaient les adolescents qui avaient eu le cran de présenter des numéros de danse et de chant. Xavier avait été le premier à débiter un tas d'insanités sur Salomé Tanzahari. Cette jeune Québécoise, d'origine marocaine, avait pourtant offert un magnifique numéro de danse du Maghreb. À la suite de leur chef, chacun était allé de médisances en calomnies sur le compte de la belle, allant même jusqu'à la traiter de « salope » et ajoutant que des filles comme « la Tanzahari », qui se croient supérieures aux garçons, devaient un jour ou l'autre recevoir une bonne leçon pour les remettre à leur place une fois pour toutes.

Un éclair déchire le ciel, arrachant Olivier à sa rêverie éveillée.

— Si j'avais su ce qu'ils manigançaient, je serais vite rentré à la maison ! grogne-t-il.

Il inspire un bon coup afin de se redonner du courage. Les effluves des bois tout proches lui rappellent l'odeur musquée de la peau couleur d'ambre de Salomé. Au fond de ses poches, ses mains s'agitent au souvenir des épaules frêles qu'il a retenues prisonnières pendant que la bouche avide de Blondeau écrasait les lèvres de la danseuse, suffoquée de surprise et d'indignation. Ses oreilles bourdonnent encore du rugissement de rage que l'infortunée n'a pu retenir lorsque Blondeau a retroussé son chandail de coton beige et a, sans vergogne, caressé ses seins.

Un frisson de dégoût fait trembler Olivier.

— Salaud de Blondeau !

Entraîné par le désir, mais surtout par le défi lancé par le groupe, Olivier avait à son tour osé toucher Salomé.

— Moi aussi je suis un salaud !

Redoublant d'ardeur, la pluie inonde le visage de l'adolescent. Ses épaules s'affaissent sous le fardeau de la honte. Il baisse la tête. Des larmes jaillissent et se transforment en sanglots, son corps tout entier est agité de soubresauts incontrôlables. Sortant brusquement les poings de ses poches, il se frappe la poitrine, cherchant à déloger le poids qui l'étouffe. Il entend des voix qui le replongent au cœur de son supplice : celle d'Hugo Darsigny, de Renaud Artois, et surtout celle de Xavier Blondeau :

— Avec sa danse, elle l'a fait exprès pour nous agacer. C'est clair ! Pas vrai, les gars ?

Les autres avaient approuvé en grognant de plaisir.

— Vas-y, Olivier ! Embrasse-la ! Elle n'attend que ça, la salope ! N'aie pas peur, elle en a vu d'autres ! Pour elle, ce sera banal !

Hélas ! ce n'était pas banal quand Olivier, après avoir fermé les yeux, avait approché ses lèvres de celles, tremblantes, de Salomé. Pas banal quand il avait senti son souffle chaud sur sa joue. Pas banal quand il avait touché la peau de son ventre aux muscles tendus et frémissants. Pas banal quand son corps avait chancelé contre le sien.

Après ce baiser volé, Olivier avait ouvert les yeux. Il avait alors vu toute la colère et la haine dont cette fille était la proie. Il aurait voulu essuyer les larmes qui glissaient sur les joues de Salomé. Quêtant son pardon, il lui avait maladroitement effleuré la bouche une deuxième fois. Ce geste avait aussitôt déclenché une volée d'applaudissements et de sifflements admiratifs chez ses acolytes.

— Deux baisers ! *Man,* tu fais fort, toi !

Et Blondeau lui avait aussitôt susurré à l'oreille :

— Regarde comme elle aime ça !

Le cynisme du propos avait réveillé chez Olivier ce qui lui restait de dignité et de respect. Dans un sursaut de colère et d'indignation, il s'était retourné et ses poings s'étaient mis à frapper l'être le plus répugnant qu'il connaissait.

La bagarre avait été brève et intense. Olivier, enragé, en était sorti vainqueur, mais les menaces et les injures proférées par le chef de la bande lui avaient bien fait comprendre qu'il venait de se mettre dans un fichu pétrin.

— Tu vas le payer cher, Olivier Leblanc ! Très cher ! avait crié Xavier en essuyant le filet de sang qui coulait de sa lèvre supérieure.

Il avait battu en retraite, ses sbires sur les talons.

Salomé en avait déjà profité pour disparaître, courant désespérément en direction opposée, laissant Olivier horrifié à la sombre perspective de devenir la tête de Turc de la bande à Blondeau et, pis encore, d'être accusé d'agression par Salomé Tanzahari.

Pareils à des rires moqueurs, des claquements secs de branches écrasées non loin le saisissent tout à coup. Faisant volte-face, Olivier scrute, à travers le rideau de pluie, l'orée du bois tout proche. À un jet de pierre, immobile à la limite de la route, une biche le fixe intensément. Hypnotisé, Olivier ne bouge plus, puis il esquisse un pas en direction de l'animal qui, en deux bonds, disparaît. Une seconde après, la lumière blanche des phares d'une voiture troue la nuit.

Olivier court se réfugier sous le couvert des arbres. La voiture passe sans même ralentir.

— Ouf! souffle-t-il.

Sous les branches de pin aux aiguilles acérées, Olivier inspire profondément. Il lève la tête vers le ciel, où les nuages se dispersent peu à peu.

Plein d'espoir, il songe que le chalet de son oncle Charles ne doit plus être très loin. Charles…

— C'est le seul qui saura me dire comment me sortir de ce pétrin, marmonne-t-il en reprenant la route.

Rassuré, Olivier marche d'un pas régulier, confiant de trouver sous peu une solution à l'épouvantable situation dans laquelle il se trouve.

2

L'erreur

Les gravillons crissent sous ses pas. Une obscurité profonde enveloppe la maison.

« Comment se fait-il qu'oncle Charles dorme à cette heure-ci ? » songe Olivier, intrigué.

Chaque automne, Charles Poliquin, le richissime informaticien de la famille vient se réfugier dans ce chalet afin d'y oublier un peu son travail, ses nombreux voyages et ses innombrables aventures amoureuses sans lendemain. Âgé de trente-trois ans, le frère de la mère d'Olivier est un célibataire très convoité. Le récit des multiples nuits blanches passées dans les discothèques à danser, boire et flirter jusqu'aux petites heures du matin a rapidement fait le tour de la famille, valant au parrain une solide réputation. Les louanges sur son intelligence, sa vivacité d'esprit et surtout son énorme capacité d'adaptation provoquent encore entre la mère d'Olivier et son mari des discussions parfois orageuses…

— Un vrai *playboy*… disait Yves, son beau-frère.

— Il possède toutes les qualités du caméléon ! rétorquait Christine.

— Caméléon, dis-tu ? Je le qualifierais davantage de jeune loup, précisait son mari.

— Tu dis ça par pure jalousie ! Envierais-tu sa liberté ?

— Bien sûr que non ! J'aime mieux ma vie avec toi, une vraie famille, des amis sincères… Le pauvre Charles ne connaît que des bonheurs éphémères !

— Si mon frère préfère vivre ainsi, c'est son affaire.

Christine avait continué son plaidoyer en affirmant avec force que son frère cadet était le gars le plus responsable qu'elle connaissait. Si Charles préférait attendre avant de s'engager dans une vie de couple, cela prouvait son intégrité et son sens des responsabilités.

C'est son grand respect pour cet oncle qu'il adore qui a poussé Olivier à parcourir plus de trente kilomètres sous une pluie battante après avoir vainement tenté de le rejoindre sur son téléphone cellulaire et par Internet. Il a même demandé à son père où il pouvait le trouver.

— Il est sûrement à son chalet, à Orford. Tu le connais ? Quand il est là, il ne répond pas au téléphone et ne rappelle pas. Tu as quelque chose à lui demander ?

— Non, non ! C'était juste pour savoir ! a menti Olivier avant de quitter la cuisine.

— Je suis sûr qu'il est venu se réfugier ici.

Olivier aperçoit alors une voiture utilitaire sport de couleur rouge garée dans la cour.

— Aurait-il échangé sa Porsche Carrera pour ÇA ? murmure-t-il, déçu. À moins qu'il n'ait de la visite…

L'obscurité totale à l'intérieur du chalet lui confirme que son ou ses occupants dorment déjà.

— Je ne les réveillerai pas. De toute manière, je suis crevé et j'ai hâte d'enlever ces vêtements mouillés. Je parlerai à oncle Charles demain matin.

Olivier grimpe deux par deux les marches du perron et, sans attendre, s'approche de la lanterne en fer forgé accrochée près de la porte.

La première fois où Charles l'avait amené passer une semaine entière dans ce chalet, il avait montré à son filleul l'endroit secret où il cachait une clef.

— J'espère qu'elle s'y trouve toujours.

Olivier glisse sans hésiter les doigts dans un interstice situé derrière le capuchon du luminaire et en retire la clef qu'il insère aussitôt dans la serrure. Un léger déclic et, d'un seul mouvement, Olivier tourne la poignée et pousse doucement la porte.

Le son strident d'un système d'alarme et un hurlement tonitruant de sirènes l'accueillent.

Épouvanté, Olivier reste immobile, pétrifié. De l'étage supérieur, des cris, des pleurs d'enfant et des jurons retentissent. Dans ce vacarme, la sonnerie du téléphone résonne. Des bruits de pas sortent Olivier de sa torpeur. Bien décidé à quitter le hall inhospitalier à toute vitesse, le garçon s'apprête à faire volte-face quand, cheveux en broussailles, torse nu et vêtu d'un pantalon de flanelle à carreaux bleus et rouges collant sur son ventre rebondi, un inconnu dévale l'escalier, un fusil de chasse entre les mains.

— Pas un geste ! hurle l'homme.

Une femme apparaît derrière lui, un enfant dans les bras et un autre accroché à sa chemise de nuit.

— La centrale a appelé la police, déclare-t-elle, un tremblement dans la voix.

Elle tente de calmer le bambin qui pleure avant d'ajouter :

— Ils sont déjà en route. Chuut !… Chuuut !…

Olivier esquisse un mouvement vers la porte.

— Ne bouge pas, et les bras en l'air, petit morveux !

Olivier obtempère et croise les mains sur ses cheveux mouillés.

— Je… hasarde-t-il.

— Tais-toi ! interrompt le maître des lieux.

Sans quitter Olivier des yeux, il ordonne à la femme de ramener les enfants dans leurs chambres. Pendant ce temps, Olivier cherche désespérément des réponses à toutes les questions qui tourbillonnent dans son esprit fatigué.

« Comment se fait-il que ces gens soient ici ? Est-ce que je me serais trompé de chalet ? Pourtant, la clef a bien ouvert la porte ! Où est oncle Charles ? »

Le corps et le cœur épuisés, Olivier abaisse un instant les bras et, dans un geste spontané, enfonce ses poings au fond de ses poches.

— Les mains en l'air ! tonne à nouveau l'homme en pyjama.

Olivier obéit et cherche à s'expliquer :

— Excusez-moi, mais…

— Je te dis de te taire, vaurien !

— Je ne veux pas vous faire de mal. C'est une erreur !

— Surprendre les gens au beau milieu de la nuit, tu appelles ça une erreur ? Et puis j'aimerais bien savoir comment tu as fait pour pénétrer chez moi sans défoncer quoi que ce soit ?

— Avec la clef.

— Quelle clef ?

— Celle qui est cachée dans le lampadaire extérieur.

— Comment sais-tu qu'il y a une clef à cet endroit ?

— Je suis le filleul de Charles Poliquin et je suis venu voir mon oncle.

— Au beau milieu de la nuit ? Sans prévenir personne ? Me prends-tu pour un idiot ?

— Non, non! Je…

— J'ai acheté cette maison qui était abandonnée…

— Abandonnée? répète Olivier, complètement éberlué.

— … depuis le printemps dernier, je crois, continue la femme, qui est revenue prendre place derrière son mari.

Elle relève une lourde mèche d'un beau roux brillant et fixe Olivier d'un air furibond.

— Si tu es vraiment le filleul de Charles Poliquin, tu pourrais peut-être nous dire où nous pourrions le joindre pour lui réclamer la réparation des fissures des fondations?

L'incongruité de la question laisse Olivier complètement abasourdi. Dehors, le rougeoiement des gyrophares et le crissement de pneus d'une voiture sur les gravillons de l'allée lui confirment l'arrivée des policiers. Il va être arrêté comme un vulgaire voleur.

Son instinct de survie prend alors le dessus. Faisant fi du canon braqué sur lui, du cri de stupéfaction de la femme et des paroles haineuses proférées contre lui, il fonce, enjambe à toute vitesse la rambarde entourant la galerie pour atterrir maladroitement sur le gazon gorgé d'eau. Sans perdre une seconde, il court vers l'orée du bois, comme s'il avait le diable à ses trousses. Les invectives des policiers accélèrent les battements de son cœur affolé. À perdre haleine, sans autre intention que de sauver sa peau, Olivier court, court dans la nuit. Et le claque-ment d'un coup de feu se répercute dans le bois endormi.

Les yeux grands ouverts sur l'obscurité qui l'entoure, Olivier reste un moment figé sur place, avant de tomber à genoux.

3

Le refus

— Caporal Duchesne, poste 6 ! Caporal Duchesne, poste 6 !

Étendu sur une paillasse informe, maculée de cernes jaunâtres et rosés, vestiges des vomissures du précédent détenu, Olivier sommeille. Sous ses paupières rougies et enflées, ses yeux s'agitent. Le bas de son pantalon est taché de boue. Le tissu déchiré laisse voir ses chevilles tuméfiées.

— Caporal Duchesne, poste 6 !

Olivier ouvre les yeux.

Ce matin à l'aube, le quartier général de la police de Sherbrooke grouille de monde. Un va-et-vient incessant donne le vertige à l'adolescent qui espère quitter cet endroit le plus rapidement possible. Il porte la main à son front marbré d'une longue estafilade et referme ses paupières trop lourdes.

Des souvenirs tenaces hantent son cerveau fatigué. Des images d'enfer…

Il se revoit dans le bois, vulgaire gibier pourchassé par les policiers armés, criant et vociférant. Les branches lui lacèrent le visage et les bras. Les racines traîtresses entravent sa fuite. Une peur monstrueuse lui donne des ailes, véritable poussée d'adrénaline qui s'envole en fumée dès le premier coup de feu et qui le fige sur place. Arrivés à sa hauteur, ses poursuivants le tiennent en joue. À bout de souffle, et surtout de courage, Olivier abdique, lève les bras au-dessus de la tête en priant le ciel que cette rocambolesque aventure se termine enfin…

Un des policiers lui assène alors un bon coup de poing dans le dos, qui lui fait courber l'échine. Sous sa poigne, Olivier s'affale par terre, une joue dans l'humus frais. On le menotte pendant que, devant ses yeux embués de larmes, pareils à des gnomes malins se riant de sa déconvenue, trois russules semblent agiter leurs chapeaux jaunes, verts et rouges, couverts de gouttelettes scintillantes.

S'immisçant soudain dans les brumes de ce demi-sommeil, une voix brisée par l'émotion l'interpelle :

— Olivier…

Le jeune homme ouvre les yeux et tourne la tête : elle est là. Elle se tient fébrilement agrippée aux barreaux de la cellule.

— Mon fils…

Ce dernier esquisse un mouvement vers elle, mais des paroles remplies de colère freinent son élan :

— En voilà une belle, mon garçon ! gronde Yves. Je n'aurais jamais pensé que tu nous ferais ça ! À quoi as-tu pensé, bon Dieu ? Tu es…

— On discutera à la maison, interrompt Christine. Ce n'est ni le lieu ni le moment. As-tu payé la caution ?

— Oui.

— Dans ce cas, partons vite !

— Non, réplique Olivier en la fixant droit dans les yeux.

— Quoi ? fait Christine, interloquée.

— Que dis-tu ? interroge Yves, ses sourcils noirs formant un V menaçant.

— Je ne retourne pas à la maison.

— Tu es fou ? explose sa mère, qui a de plus en plus de difficulté à se maîtriser.

— Si c'est une autre de tes farces plates, lance Yves en haussant le ton, elle n'est pas drôle ! Pas drôle du tout !

— Quelque chose ne va pas ici ? demande un policier en s'approchant.

— Il… Il ne veut pas… pas venir avec nous ! bredouille Christine qui peine à refouler ses sanglots.

— Allons, mon gars ! tente à son tour le policier. Tu ne peux pas rester ici. Tu seras mieux chez toi, crois-moi. Ce n'est pas une place pour un p'tit gars.

— Je n'irai pas ! déclare Olivier sur un ton décidé.

— J'aurai tout entendu ! hurle son père, ivre de colère, en secouant la porte de la cellule que personne n'a encore déverrouillée.

Se tournant vers le policier qui, les bras croisés sur la poitrine, pose sur lui un regard inquisiteur, il ordonne :

— Ouvrez la porte ! Cette fois-ci, il dépasse les bornes !

— Je n'ai rien contre toi ni contre maman, ajoute Olivier, qui veut tempérer la colère de son père, mais je ne partirai qu'en compagnie d'oncle Charles. Maman, veux-tu l'appeler, s'il te plaît ?

Christine fixe son fils d'un regard inquiet.

Pour la deuxième fois de sa vie, elle mesure la force de sa demande, se rappelant clairement le jour des funérailles de son père, le papi d'Olivier…

Olivier avait sept ans et le décès subit de son papi adoré l'avait fait s'enliser dans une peine profonde et insurmontable. Non seulement il pleurait la perte de cet être cher, mais cette première confrontation avec la réalité immuable de la mort l'avait anéanti. Seul Charles avait su le réconforter et apprivoiser ses craintes. La semaine qu'ils avaient passée ensemble dans ce chalet même où il avait pénétré par effraction l'avait rasséréné. Apaisé.

Aujourd'hui, dans le regard gris de son fils unique, Christine reconnaît la tourmente qui a jadis balayé son âme.

— Charles n'a pas donné signe de vie depuis un petit bout de temps déjà, déclare Yves. Tu sais bien qu'il doit se trouver à l'autre bout du monde…

— Je sais où il est ! coupe Christine en essuyant les larmes qui restent accrochées à ses cils.

Sans prêter attention au regard chargé de reproches de son mari, elle se tourne vers le policier :

— Puis-je me servir d'un téléphone ?

— Bien sûr, madame. C'est par ici.

Avant de lui emboîter le pas, Christine se tourne vers Olivier qui, surpris et confiant, s'est agrippé aux barreaux de sa cellule.

— Il y a des choses que tu ne sais pas encore, mais que tu découvriras si Charles le veut bien.

— Qu'est-ce que ça signifie ? interroge son mari.

— Charles a… changé, annonce-t-elle en pesant bien ses mots. Je partage son secret depuis quelque temps déjà. Il m'a fait jurer de ne pas chercher à le joindre, sauf si une situation importante et urgente le commandait.

— Il n'est pas malade, au moins ? demande Olivier, inquiet.

— Non, non ! Tout va bien.

Un silence de mort suit ces paroles.

Christine s'approche et touche les doigts de son fils crispés autour des barreaux métalliques.

— Si tu as tellement besoin de son aide, je vais briser le serment que je lui ai fait. Il se peut qu'il ne puisse répondre rapidement à mon appel, parce que, là où il est, les ordres sont formels.

Elle baisse la tête quand Yves pose sa main sur l'avant-bras de la femme avec qui il partage ses jours depuis près de vingt ans. Dans un sourire mi-figue mi-raisin, il déclare :

— Je suis sûr que Charles fera tout pour toi. Il t'aime tellement…

Sans plus attendre, Christine quitte les deux hommes de sa vie et suit le policier qui lui fraie un passage dans une foule un peu plus dense qui envahit, peu à peu, le poste de police.

4

La conscience

L a voiture longe les bords tranquilles du lac Memphrémagog. Le chemin sinueux s'élève un moment
en pente raide, flanqué de part et d'autre de clôtures et de
barrières ouvragées. Au-delà, Olivier imagine les
luxueuses demeures de gens riches ou célèbres cachées
derrière de grands arbres centenaires.

« Oncle Charles aurait-il acheté l'une de ces
immenses propriétés ? À moins qu'il ne soit devenu
actionnaire d'une importante compagnie dont le quartier général est dissimulé dans ces montagnes… » imagine l'adolescent fébrile.

Sur la banquette arrière, il regarde défiler le paysage.
En cette journée d'octobre, la forêt a revêtu ses plus
beaux atours. La lumière est magnifique. Le soleil, qui a
repris ses droits, fait briller les ocres, les rouges et les verts

de la canopée des bois avoisinants. La pluie diluvienne qui s'est abattue sur la région a laissé des vestiges : feuilles jonchant le chemin, fossés remplis à ras bord d'une eau glauque qui frissonne sous le vent taquin.

Voilà bientôt une heure qu'ils ont quitté le poste de police. Alangui par le roulement régulier des pneus sur la chaussée et la musique classique diffusée par la radio, il laisse se fermer ses paupières alourdies de sommeil. Dans sa tête, plusieurs scénarios s'imposent, précurseurs d'un drame dont il sera la victime.

— Tu n'es qu'une sale brute, Xavier Blondeau !

— Allons, Olivier Leblanc, ne fais pas tant d'histoires ! Nous avons le devoir de rabattre le caquet à toutes ces mijaurées !

— Tu n'avais pas le droit de faire ça à Salomé ! Elle n'a fait que danser. Tout simplement. Elle n'avait même pas l'intention de nous aguicher !

— Tu crois ça ? Allons donc ! Ouvre les yeux, *man* ! Ne vois-tu pas toutes ces filles avec leurs pantalons à la taille si basse qu'ils laissent voir les lanières de leurs strings ? Sans parler des décolletés plongeants et des chandails si courts qu'ils dévoilent leurs ventres aux nombrils garnis d'une pierre ou d'un je-ne-sais-quoi qui attire inévitablement les regards ? Elles le font exprès !

Les deux sbires de Blondeau acquiescent d'un grognement rauque, comme les automates abrutis qu'ils sont.

— Je ne suis plus avec vous, déclare Olivier. Je quitte la bande. Je vais tout raconter à la police.

— Tu ne feras pas ça! tonne Blondeau. La délation, c'est l'arme des faibles. C'est répugnant! Déshonorant! Et puis tu es aussi coupable que nous dans cette affaire…

— Je le sais bien, mais si…

— Tu n'imagines pas dans quel pétrin tu vas te mettre en ouvrant ta grande gueule… interrompt Xavier en pointant vers lui un index accusateur.

— Traître! crache l'un des acolytes.

— Prends garde! On va te le faire payer cher! renchérit l'autre.

— Je n'ai pas peur de vous! ment Olivier.

Menteur… menteur… menteur…, chuchote la petite voix de sa conscience.

Le front perlé de sueur, le souffle court, Olivier ouvre brusquement les yeux. Le paysage tranquille et rassurant défile toujours devant lui.

« Ouf! Ce n'était qu'un rêve… » songe-t-il, rassuré.

Au poste de police, dans la solitude de la cellule, une petite voix lui a conseillé de préférer la délation à la complicité silencieuse et passive. Mais seulement après en avoir discuté avec son oncle Charles.

Pour l'instant la peur est la plus forte.

Poltron ! accuse la petite voix.

— Je ne suis pas un poltron, proteste-t-il à voix basse.

— Quoi ? demande Christine qui croit l'avoir entendu parler.

— Rien, rien, s'empresse de répondre le garçon.

Embarrassé par le regard posé sur lui, Olivier détourne les yeux avant de replonger dans ses tourments.

La raison première qui le ferait dénoncer Blondeau serait de se laver bien égoïstement de sa propre faute. Mais il le ferait aussi pour réparer le tort fait à Salomé et ainsi, il l'espère de tout cœur, se faire pardonner de la belle.

— Je ne suis pas le goujat que tu crois, murmure-t-il pour lui-même.

— Tu dis ? interroge sa mère.

— Rien ! Arrête donc de me questionner ainsi sans arrêt ! rouspète-t-il.

Christine reporte son attention sur la route. Yves, à ses côtés, ne desserre pas les dents et freine brusquement avant de s'engager dans un chemin bordé de pommiers qui ploient sous l'abondance de fruits rouges.

Le front contre la vitre sur laquelle se reflète un décor inattendu, Olivier déglutit avec peine.

La voiture s'immobilise devant un ensemble architectural spectaculaire. Surmonté d'une gigantesque structure de pierre, l'édifice principal se termine par des clochers aux pointes acérées qui semblent défier le firmament.

— Où sommes-nous? demande l'adolescent, les doigts crispés sur le repose-tête.

— Encore une des folies de ton cher « petit frère », je suppose? interroge Yves, prêt à vilipender son beau-frère.

Dédaignant la remarque, Christine détache sa ceinture de sécurité et sort de la voiture.

— Je connaissais ses bizarreries, mais cette fois-ci, il dépasse les bornes! Il a dû se mettre dans un véritable pétrin pour venir se cacher ici…

Les lourds battants de chêne s'entrouvrent soudain faisant taire les remarques acerbes dans la bouche du conducteur. S'encadrant alors dans la porte ogivale, Charles apparaît, une bure noire à capuchon pointu le recouvre jusqu'à la hauteur des mollets.

5

La surprise

— Tu n'as pas le droit de faire ça ! Pas le droit de NOUS faire ça !

Les cris d'Olivier se répercutent en échos sur les murs du monastère de Saint-Benoît-du-Lac, où Charles a trouvé refuge.

— Calme-toi, le prie Charles, que l'agressivité de son neveu met mal à l'aise. J'ai tous les droits sur ma vie. Les ordres, les conseils et les bonnes intentions de tous ceux qui m'aiment ou me haïssent ne changeront jamais cela. J'ai toujours fait ce que je voulais et quand je le voulais, tu le sais !

— Te caches-tu, alors ?

— De qui ?

— Je ne sais pas, moi… d'une femme, d'un agent du fisc, de la police !

— Même si cela te faisait plaisir de me savoir aventurier, non. Je suis ici de mon plein gré.

— Pourquoi as-tu vendu ton chalet sans me le dire ? lui reproche encore Olivier.

— Je n'ai pas de comptes à te rendre, à ce que je sache.

Il fait une pause et fixe son neveu.

— J'ai vendu presque tout ce que je possédais. Mon loft à Montréal, ma collection de voitures sport, mon bateau, ainsi que toutes mes œuvres d'art.

— Pas les abonnements de saison au Canadien de Montréal, j'espère ?

— Eh oui ! Et aussi ceux du Mondial de soccer et de la Coupe d'Europe.

Abasourdi, Olivier baisse les yeux.

— Papa a raison, tu es devenu fou !

— Quand tu sauras ce qui m'est arrivé, tu comprendras.

— Raconte !

— Ce n'est ni le lieu ni le moment. Dis-moi plutôt ton problème.

— Si tu avais eu le bon sens de m'avertir de la vente de ton chalet, je me serais évité bien des ennuis !

— Ta mère m'a raconté… commence Charles en réprimant un sourire moqueur.

— Tu trouves ça drôle, en plus ! J'aurais pu être tué !

— Ça aurait pu être beaucoup plus dramatique, en

effet, convient Charles en enfouissant ses mains à l'intérieur des larges manches de sa bure de moine.

« Cet habit ne convient pas du tout à la personnalité
flamboyante de Charles », songe l'adolescent en jetant un
regard furibond sur son parrain.

Olivier se souvient très bien des sommes farami-
neuses investies par Charles dans sa garde-robe : che-
mises griffées, pantalons d'étoffe soyeuse, complets sur
mesure et chaussures importées d'Italie. L'adolescent se
rappelle encore la chemise orangée que son oncle portait
la dernière fois qu'il avait daigné assister au réveillon de
Noël familial.

« Quel style il avait ! »

L'adolescent rêvait de voyages, de voitures rutilantes
et de tout ce qui pouvait meubler une vie trépidante et il
trouvait que la vie de son père était vraiment à l'opposé
de la vie de *jet-setter* de l'oncle Charles. Comptable dans
une firme privée, Yves trimait toute la journée à vérifier,
planifier et surtout tenter de sauver de la faillite des entre-
preneurs qui n'avaient pas su mettre un frein à des
dépenses exagérées, ou qui jouaient de malchance dans
un monde vorace et en perpétuel changement. Certes,
Yves avait beaucoup de qualités, mais si Olivier avait pu
choisir, c'est Charles qu'il aurait aimé avoir comme père.

Du coin de l'œil, Olivier surveille Charles, qui se
complaît dans le silence.

— As-tu fait faillite ? hasarde le garçon.

— Au contraire, mes affaires profitaient de plus en plus. Je trouvais que j'avais beaucoup trop d'argent pour moi tout seul. J'ai donc décidé de faire un don à l'ordre des Bénédictins.

Olivier se frappe le front du plat de la main :

— Je comprends ! Tu t'es fait embobeliner par ces moines ! Ils te font croire que tu es un élu ou quelque chose du genre… et ils t'arrachent ton argent ! J'ai vu ça à la télévision.

— Tu te trompes, coupe Charles.

— Je vais te sortir d'ici, t'arracher à leurs griffes, ajoute Olivier sur le ton de la confidence.

— Cesse tes élucubrations ! L'ordre des Bénédictins n'est pas une secte, mais un groupe monastique fondé par saint Benoît de Nursie en l'an 515.

— N'essaie pas de les défendre ! Avec ce capuchon pointu, cette ceinture noire et ce pendentif, on dirait vraiment une secte de fanatiques sortie tout droit d'un film d'horreur ! Quelle mascarade !

— Cet habit de « mascarade », comme tu dis, est une bure que l'on porte courte ou longue selon notre rang. J'ai joint l'ordre depuis peu ; n'étant que postulant, je porte la bure plus courte que les moines. Mon scapulaire…

— Un scapulaire ! s'exclame Olivier, furibond. Arrête de dire des bêtises !

Il inspire profondément avant d'enchaîner :

— Je ne te reconnais plus, oncle Charles ! Toi qui

46

étais vêtu comme un prince, qui vivais la GRANDE vie, qui possédais tout ce qu'un homme rêve de posséder, te voilà habillé comme un pauvre à jouer les moines. Ça ne te ressemble pas du tout ! Je te trouve pitoyable ! termine-t-il sur un ton amer.

Charles soutient le regard de colère de son filleul, mais un brouillard de tristesse voile momentanément ses yeux clairs.

— Tu commences à comprendre la raison de ma présence ici. À ton tour, maintenant, de découvrir pourquoi tu m'y as rejoint.

Sans un mot de plus, Charles tourne les talons et emprunte le long corridor qui brille de propreté.

— Où vas-tu ? crie Olivier.

— Dans ma cellule.

— Ta cellule… ?

— C'est ainsi que l'on nomme les chambres ici. Tu trouveras la tienne au bout du corridor, la porte à gauche, juste avant l'entrée de la chapelle.

— Je ne vais pas demeurer une minute de plus dans ce monastère qui sent la vieille pantoufle !

Charles s'arrête net et, se retournant, lui lance :

— Christine avait raison : tes nouveaux amis ont vraiment une mauvaise influence sur toi !

— Ce ne sont plus mes amis ! Et ils ne m'influencent pas ! proteste Olivier, offusqué. Je ne veux pas rester ici, voilà tout !

— As-tu un autre endroit où aller ?

— …

— Je ne sais pas encore ce que tu as fait, mais je te crois assez intelligent et loyal envers toi-même pour admettre tes torts et accepter les conséquences de tes actes, déclare Charles en le quittant en hâte.

Dans le vestibule d'entrée aux murs de briques beiges, le cœur serré et la gorge en feu, Olivier fixe la sculpture de bois représentant saint Benoît de Nursie. Ce dernier tient dans une main une crosse et dans l'autre un livre ouvert sur lequel, en latin, est inscrit « La règle des bénédictins ».

Tout près se dresse un christ en croix.

— C'est absolument débile ! souffle l'adolescent, désemparé.

Dans le corridor un bruit de pas décroît doucement.

— Charles, reviens ! J'ai besoin de toi…, murmure-t-il.

Olivier voudrait tant que son parrain revienne, le prenne dans ses bras et le serre contre lui, comme il le faisait lorsqu'il était gamin. Il voudrait tellement entendre à nouveau les paroles d'apaisement murmurées un jour de deuil, ses lèvres contre ses mèches rebelles.

Charles te juge lui aussi… chuchote une petite voix au fond de lui-même.

Une rancœur sans nom se fraie un chemin dans la poitrine d'Olivier tandis qu'il pose son regard embué de larmes sur les deux niches placées à droite de la sculpture représentant le saint. Dans l'une d'elles, une photo du pape Benoît XVI ; dans l'autre, la sculpture d'une vierge à l'enfant. À hauteur d'homme, l'adolescent remarque l'*horarium* de l'abbaye, l'horaire des offices religieux.

« Je partirai dès que Charles aura trouvé une solution à mon problème », décide-t-il tout en se dirigeant à la hâte vers sa cellule.

6

L'abandon

Il est dix heures.

La cellule de douze mètres carrés présente un réel dénuement à Olivier habitué à vivre dans un environnement confortable et équipé d'appareils électroniques de toutes sortes. Ici, un lit, deux chaises, une commode et une table de chevet composent le modeste mobilier. « Que c'est laid ! »

Il balaie la pièce d'un regard morne avant de déposer son sac à dos sur le lit.

Une envie urgente le pousse vers la salle de bain, mais il n'y en a pas dans la cellule. « Le gros confort ! » ironise-t-il.

Il quitte aussitôt la cellule au pas de course et s'engage dans le corridor où il a vu disparaître son oncle quelques minutes auparavant. Il croise un vieux religieux s'appuyant sur une canne auquel il n'adresse pas la parole, gravit deux à deux les marches d'un escalier lorsque, tout en haut, un autre moine lui barre la route :

— Où vas-tu, jeune homme ?

— Aux toilettes.

— Les toilettes et les douches pour les visiteurs sont complètement à l'opposé, au bout de l'autre couloir, là-bas, indique-t-il. Cette aile-ci est réservée aux moines, aux novices et aux postulants.

Le besoin se faisant de plus en plus pressant, Olivier quitte son interlocuteur sans rouspéter, redescend l'escalier en vitesse, emprunte un couloir adjacent et court vers ce qui lui semble une salle de bains, dans laquelle il s'engouffre aussitôt.

Comme les couloirs et les cellules, l'endroit est très propre, mais dégage l'inévitable odeur de la collectivité. Cette fois, c'est décidé : « Je ne resterai pas ici une minute de plus ! » pense-t-il.

Il quitte la pièce au pas de course, emprunte pour la troisième fois le corridor et, croisant un nouvel abbé, l'interpelle de manière cavalière :

— Allez dire à Charles Poliquin que son filleul désire le voir tout de suite.

— Frère Charles a brisé sa retraite de silence pour te recevoir, mais il y est retourné, et nous avons tous reçu la consigne de ne pas le déranger avant la fin de la semaine, rétorque le moine hôtelier.

— Une semaine? C'est beaucoup trop long! hurle Olivier, hors de lui.

— Si tu as besoin de quelque chose, je peux t'aider. Je suis dom Samuel…

— Je n'ai rien à vous dire! l'interrompt Olivier de plus en plus discourtois.

— Baisse le ton, jeune homme!

L'ordre est sans réplique.

Olivier réfrène les paroles de colère qui l'étouffent et fixe froidement son interlocuteur.

À peine plus âgé que Charles, dom Samuel a toutes les qualités physiques d'un joueur de football : grand, les épaules larges, les pommettes saillantes et les cheveux coupés en brosse. Ces attributs lui confèrent une allure militaire qui ne cadre pas du tout avec la bure monacale qui le couvre jusqu'aux chevilles. Olivier s'interroge un moment sur les raisons qui ont pu pousser un homme d'une telle stature à s'emprisonner, lui aussi, entre ces murs de pierre et de silence.

« Il doit assurément avoir quelque chose à cacher lui aussi… comme Charles. Comme moi… » songe-t-il.

Soudain sous les voûtes retentissent les cloches qui annoncent l'office de onze heures.

— C'est l'heure de la célébration de l'eucharistie, explique dom Samuel, levant un regard inspiré vers un lieu invisible. Veux-tu venir prier avec nous?

— Je ne suis pas venu ici pour assister à la messe. Et puis, prier, pour moi, ça ne veut rien dire.

— La prière est un mouvement de l'âme par lequel l'individu cherche à s'élever vers Dieu. La prière ouvre à la lumière, celle qui apaise et qui fait briller le regard. Ici, c'est dans la prière que nous puisons la force de résister à l'abaissement de l'âme, à la tentation des bassesses ordinaires de la vie.

— Je ne suis pas venu ici réciter des prières ! Et puis, je ne sais pas comment faire !

— Ce n'est pas difficile. Regarde cet arbre, là-bas, dit-il en désignant un peuplier dans la cour sous la fenêtre du corridor, il prie. Vois sa cime, elle monte vers le ciel tandis que ses branches se tendent vers la lumière. Prier, tu vois, c'est tout simplement ouvrir son cœur, s'ouvrir à la vie, à la lumière et s'en abreuver le plus possible. Cette énergie vient de Dieu et existe en nous. C'est notre grande force.

Dom Samuel replace ses mains sous ses manches et enchaîne promptement :

— Hélas ! nous oublions que nous la possédons, cette force. Devenus esclaves des machines et de toutes nos inventions, nous croyons en être les maîtres, mais c'est seulement dans la simplicité de vivre que se trouve la plus grande vérité : dans la vie elle-même, tout simplement.

Olivier ne dit mot, mais il comprend soudain le pouvoir que cette forme de prière a sur son oncle, ainsi que sur tous les moines de cette abbaye.

Bien décidé à ne pas perdre de vue son objectif, parler à Charles, le garçon esquisse un mouvement vers le couloir interdit, mais d'une poigne vigoureuse, son vis-à-vis le retient par le bras.

— Tu ne peux pas ! C'est la règle !

— Je me fous de votre règle à la con ! Je veux parler à oncle Charles. Dois-je vous le répéter en chinois pour me faire comprendre ? tonne-t-il.

— Ton cri fait écho à l'agitation de ton cœur, commente calmement son hôte. Prends le temps de comprendre ce qui t'arrive.

— Je n'ai pas le temps ! Si je ne fais rien, le pire va m'arriver.

— Si on ne le traite pas en ennemi, le temps est une bête qu'on peut apprivoiser.

Olivier s'étonne d'entendre des propos si apaisants dans la bouche de ce géant qui, d'une seule gifle, pourrait assommer tous les Blondeau de la planète.

— Si tu le désires, une fois l'office terminé, je pourrais te faire visiter la bibliothèque.

D'un salut discret, dom Samuel prend congé du garçon qui, dérouté et surtout dépité, retourne à sa chambre.

À peine entré, il se jette sur son lit.

— Tout ça est stupide ! bougonne-t-il. Stupide et insensé…

L'espoir qu'il avait mis dans cette rencontre avec son

parrain s'est brisé sur le mur de silence que Charles a érigé volontairement entre lui et ce neveu qu'il a pourtant toujours affirmé adorer.

« Papa a raison. Charles n'a jamais vraiment aimé personne d'autre que lui-même ! » conclut-il à mi-voix.

Le garçon pousse un soupir las, se lève et marche vers la lucarne qui tient lieu d'unique fenêtre. Le soleil, déjà haut dans le ciel, fait briller les fruits rouges des pommiers.

« J'étouffe ! »

Faisant volte-face, Olivier récupère son sac à dos sur le lit et quitte les lieux sans plus tarder.

Dans le couloir, un chant à nul autre pareil le surprend.

Gloria ! Gloria !
Et in terra pax hominibus bonae voluntatis.
Laudamus te…

Olivier se dirige vers l'endroit d'où lui parviennent les voix profondes des moines. Ses pas le mènent à l'entrée d'une chapelle dans laquelle, assis sur des bancs de bois, livrets ouverts reposant sur leurs paumes, une trentaine de moines chantent à l'unisson. D'intenses vibrations s'élèvent de ce lieu sacré.

Hébété, Olivier observe les mines extatiques des

moines quand ses yeux croisent un instant ceux de Charles qui marie sa voix à celles de ses compagnons.

« Ne devrait-il pas garder le silence ? » songe le garçon.

À la ferveur de ce chant se mêlent alors sa colère et sa peine. Les yeux fixés sur son oncle, Olivier quête un réconfort qui ne vient pas. Sans un clin d'œil complice, sans le moindre sourire de connivence, Charles concentre son attention sur le livre de psaumes.

Les notes se transforment alors en une cacophonie de sons rauques et discordants semblables à des croassements de vieux corbeaux. Refoulant tant bien que mal les larmes qui gonflent ses paupières, Olivier ferme vivement les yeux.

Une mosaïque de visages s'imposent aussitôt à lui. D'abord celui, magnifique, de Salomé Tanzahari, puis ceux de Blondeau et de ses sbires et enfin ceux de Charles et de dom Samuel, métamorphosés en fantômes psalmodiant des cantiques.

Pris d'un vertige, Olivier se ressaisit, ouvre les yeux et, sans demander son reste, tourne les talons, bien décidé, cette fois, à quitter ce lieu rempli de sortilèges et à n'y plus remettre les pieds.

7

Le mendiant

Dix minutes à peine se sont écoulées depuis qu'Olivier a quitté le monastère.

Au hasard d'un sentier qui longe le domaine de l'abbaye et qui descend en pente douce vers une petite baie aux eaux cristallines, il aperçoit quatre moines qui, paniers à la main et tabliers noués à la taille, travaillent dans le verger. Ils cueillent de belles pommes rouges et ramassent celles qui sont tombées par terre. Ces dernières finiront dans de grandes cuves d'acier où elles fermenteront pour produire un cidre qui fait la renommée de l'abbaye.

Plus loin, près d'une grange, trois moines, précédés d'un petit troupeau de brebis suivies de leurs agnelets, se dirigent vers un enclos. Sur la gauche, une dizaine de vaches paissent tranquillement sous l'œil averti d'un cénobite. Olivier se rappelle avoir entendu sa mère vanter les mérites du célèbre gruyère des moines de Saint-Benoît-du-Lac, le meilleur fromage de fabrication artisanale de la région.

L'adolescent comprend que, grâce au travail quotidien des moines, l'abbaye est une véritable petite entreprise qui garantit une autonomie à ses habitants.

— Ils n'ont donc pas besoin de l'argent de Charles, murmure-t-il, pour lui-même.

Tout à ses réflexions, Olivier arrive enfin au bord du lac qui baigne les terres de l'abbaye. Des tables de pique-nique, dont la pluie de la veille a foncé le bois, exposent leurs carcasses gorgées d'eau au soleil bienfaiteur. Sur l'une d'elles, un homme sommeille. Ses vêtements sales, ses souliers troués et la vieille couverture qui le recouvre ne laissent aucun doute sur la situation de l'individu.

— Peuh! Et dire qu'il pourrait passer ses nuits bien au chaud dans le monastère! constate Olivier en s'asseyant sur le dessus d'une table au bois un peu plus sec.

La tête appuyée entre ses mains, Olivier fixe le lac Memphrémagog qui s'étale entre les montagnes. Il inspire et ferme les yeux.

— Hé! Petit!

Le garçon se tourne vivement vers l'inconnu qui s'est approché.

— Es-tu en fugue?

— Non.

— Allons, allons ! Ne me raconte pas d'histoire ! À cette heure, et à ton âge, tu devrais être à l'école, ajoute le vagabond.

— Ce n'est pas de vos affaires !

Le clochard le dévisage un moment en levant ses larges sourcils.

— As-tu besoin d'aide, fiston ?

— De vous ? Vraiment pas !

— Si tu croises mon chemin, c'est signe que je dois t'aider.

— Je suis ici par hasard.

— Tut ! Tut ! Tut ! Il n'y a pas de hasard. Tout comme il n'y a pas d'action inutile. Les chemins des êtres vivants se rencontrent afin que chacun apprenne de l'autre.

— Que pourriez-vous m'apprendre ? réplique Olivier d'un ton dédaigneux.

La répartie, blessante, fait se raidir l'étranger. Son regard se durcit :

— Comment peux-tu porter un jugement sur moi ? Tu ne me connais même pas !

— Ce que je vois dit tout.

— Et que vois-tu donc ?

— Je vois que vous… hésite un moment Olivier qui pèse ses mots afin de ne pas mettre le mendiant en colère… vous n'êtes pas comme les autres.

— Les autres… ?

— Tous les autres ! Les gens qui travaillent, qui ont une famille, une maison, des amis !

— Et toi, as-tu tout cela ?

— Bien sûr !

— Alors que fais-tu ici, ce matin, tout seul comme moi ?

Olivier ouvre la bouche et la referme aussitôt, incapable de trouver une réponse.

— Tu sais, mon garçon, il ne faut pas juger les gens par leurs vêtements, leurs demeures ou leurs voitures, continue le clochard. Depuis que le monde existe, le peuple admire ceux qui portent de beaux habits, ont une maison, une famille et de l'argent. Ils sont acclamés, glorifiés. On va même jusqu'à les placer à la tête de nos gouvernements ! Pourtant, certains d'entre eux sont de la racaille, des rapaces plus voraces et plus destructeurs que les pires prédateurs que la terre ait jamais portés. Des vautours qui gèrent les biens de la communauté humaine sans pudeur et sans vergogne !

Il fait une courte pause, masse longuement sa nuque, comme pour y déloger une douleur persistante et poursuit.

— Malgré leurs richesses et leurs pouvoirs, ces forbans demeurent pourtant les plus pauvres d'entre nous, car ils ont perdu leur plus précieux trésor : leur âme.

Cela dit, il caresse un instant sa longue barbe poivre et sel avant de toucher ses lèvres desséchées.

— J'étais l'un de ces bandits, confesse-t-il tout bas. Avide d'argent, de pouvoir et d'honneurs, j'ai passé la moitié de ma vie au sommet des gratte-ciel des plus grandes villes du monde ; me préoccupant davantage de faire grossir les profits et d'enrichir les actionnaires que de veiller sur mes employés. Oh ! il m'arrivait bien de distribuer des récompenses, cadeaux mirobolants ou promotions sensationnelles, mais je ne le faisais que rarement. Je souhaitais plutôt pousser les employés à la compétition entre eux. J'appuyais mon pouvoir sur les théories de Machiavel. Comme un prince…

Il s'interrompt un moment et laisse échapper un juron retentissant qui fait sursauter Olivier.

— Un prince… Pauvre idiot !

L'inconnu rit un moment avant de reprendre son sérieux.

— J'ai tout perdu le jour où ma femme et ma fille m'ont présenté un homme plus disponible pour me remplacer.

Il se redresse devant le lac et pousse un profond soupir de lassitude.

— Avec mon allure de gueux, il est difficile de croire que j'aie pu être le personnage de cette histoire, hein, petit ? dit-il sans le regarder. Pourtant, je te dis la vérité.

Il se détourne de l'eau miroitante et fixe l'adolescent dans les yeux avant d'enchaîner :

— J'ai été l'un des hommes les plus riches du pays.

J'ai côtoyé des présidents de républiques, des premiers ministres, des rois et des reines. Les vedettes de cinéma et de télévision se disputaient une place à ma table. J'ai serré la pince à notre très Saint-Père, le Pape! ajoute-t-il, en mimant son geste.

Il rit une seconde fois.

— J'avais pourtant perdu le bonheur tout simple de vivre en paix avec moi-même.

L'étranger se rapproche davantage et, sans un avertissement, lui tend la main.

— Ce fut un plaisir de te rencontrer, petit! À un de ces jours, peut-être!

Au contact de la peau rugueuse, Olivier frissonne.

« Son histoire ressemble un peu à celle de Charles, mais lui ne s'enferme pas dans un monastère! » constate-t-il.

Le sans-abri s'éloigne à grands pas. Ne sachant plus trop quoi faire, Olivier pose négligemment la courroie de son sac à dos sur son épaule. Il observe un moment l'homme qui, après s'être accroupi près de la berge, plonge ses mains dans l'eau fraîche avant de s'en asperger la figure à grandes giclées.

Olivier envie le bonheur et la liberté de ce misanthrope que le hasard a mis sur sa route. Comme il aimerait, lui aussi, ne rien devoir à personne! Radier de sa mémoire et de sa vie les mauvais souvenirs! Effacer la peine causée à sa mère et la colère de son père! Faire fi des choix de Charles ! Et, surtout, oublier ce qui s'est passé avec Salomé…

— Ça, c'est impossible, se dit-il.

— Hé, fiston ! crie à nouveau le mendiant.

Olivier relève la tête.

— Aie confiance en ta bonne étoile !

— J'ai plutôt l'impression d'être né sous une mauvaise étoile, rétorque l'adolescent.

— Personne ne naît sous une mauvaise étoile. Il n'y a que des gens qui ne savent pas lire le ciel !

— C'est en dormant dehors que vous avez appris cela ? blague Olivier.

— Non. C'est le dalaï-lama lui-même qui me l'a dit.

L'homme lui décoche un clin d'œil complice, ramasse ses maigres effets et s'éloigne en sifflotant.

Le cœur rempli des paroles de l'inconnu, Olivier emprunte en sens inverse le petit sentier de terre, en sifflotant lui aussi.

8

La joyeuse bande

Olivier a marché presque deux kilomètres quand, après avoir emprunté le chemin des Pères, il arrive au centre du village d'Austin.

Par les fenêtres ouvertes d'un petit café s'échappe une bonne odeur de viande mijotée. Olivier longe une boutique de fleuriste, une boucherie et une boutique d'artisanat. Il bifurque à droite et aperçoit un parc vers lequel il se dirige sans hésiter.

Sur les plates-bandes des maisons se côtoient des asters rose pâle, des chrysanthèmes jaune vif et des bosquets de géraniums écarlates. Des ormes et des chênes centenaires dressent leurs branches dans le ciel sans nuages.

Au centre du parc, pareille à un obélisque de lumière, une fontaine de marbre blanc brille sous le soleil. Olivier s'en approche, s'assoit sur le parapet de pierre et effleure du bout des doigts la surface de l'eau quand un tintamarre assourdissant le surprend. Il se redresse et aperçoit à sa gauche trois garçons d'à peu près son âge frappant à qui mieux mieux sur des barils de plastique d'un bleu criard accrochés à leurs épaules par des ficelles lieuses.

Délaissant la fontaine, Olivier curieux s'approche du trio.

L'un des trois musiciens a le crâne rasé. Des tatouages ornent ses biceps protubérants. À sa droite, un garçon d'une maigreur particulière a le visage à moitié caché sous une tignasse d'un roux brillant. Sa peau, d'une blancheur spectrale, contraste avec celle du troisième musicien qui, droit comme un I, sa longue chevelure noire flottant au vent, cesse de jouer à l'arrivée d'Olivier.

— Salut ! l'accueille-t-il, tout sourire.

— C'est *cool* ce que vous faites ! les félicite Olivier.

— Merci ! Tu sais jouer ? interroge le rouquin.

— Non.

— Veux-tu essayer ? l'interroge le tatoué.

— Comment je fais ?

— T'as qu'à laisser aller ton *feeling*, répond-il.

— Ça vient tout seul, assure le troisième, à qui cette longue chevelure noir de jais confère un air sévère de chef amérindien. Quand je frappe sur mon instrument, je pense à quelqu'un que je déteste. Ça défoule.

— À qui pensais-tu ces derniers temps ? À ton ex ? raille le chauve.

— Tu dis vraiment n'importe quoi ! dit l'autre en haussant les épaules.

Il reporte son attention sur Olivier qui assiste, muet, à la conversation.

— Veux-tu essayer ?

Abandonnant une nouvelle fois son sac à dos par terre, Olivier s'approche du percussionniste, qui se déleste de son instrument pour le lui tendre. Il place alors tant bien que mal les courroies sur ses épaules. Pareil à un bouclier appuyé sur son bas-ventre, le tonneau prend toute la place et offre impudiquement au regard hébété de l'apprenti musicien son flanc strié des nombreuses blessures laissées par les coups de baguettes.

— Vas-y, *man* ! Frappe fort ! l'exhorte le musicien au teint blafard.

Olivier fait une première tentative.

— Tiens plus fermement tes baguettes ! Plus fermement ! lui conseille le garçon au bras tatoué. Ta baguette, c'est le prolongement de ton bras, *man*. Et ton bras, celui de ton cœur. Jouer, ça doit venir du cœur, termine-t-il en posant le plat de sa main ouverte sur sa poitrine.

Olivier relâche légèrement les baguettes dans ses mains moites, inspire profondément, ferme les yeux et lève le bras avant de l'abaisser sur le tonneau vide.

Le visage ricanant de Xavier Blondeau s'impose à son

esprit. Il relève le bâton avant de frapper le baril une seconde fois avec rage, sans retenue. Il frappe une troisième, puis une quatrième fois avec la même ardeur. Ses bras obéissent à la pulsion dévastatrice qui lui ravage le cœur tandis que la vibration se blottit au creux de ses paumes, pénètre son ventre, ébranle sa raison.

Quand Olivier arrête de frapper, ses tympans résonnent un long moment.

— Tu as compris le principe, le rassure le garçon à la chevelure de jais, qui semble être le chef de la bande. Maintenant, essaie de nous rythmer tout ça !

— C'est plus facile de jouer quand on a les yeux fermés, conseille le plus maigre des trois. En tout cas, moi, je préfère visualiser quelque chose de beau et que j'aime, plutôt que de mettre le *focus* sur des choses laides et absurdes. C'est une question de goût. Tu fais comme tu veux ! conclut-il.

Olivier baisse les paupières et cherche dans sa tête une image susceptible de créer la magie, un écho venu du fond de son âme qui ferait battre son cœur. La vision de Salomé revêtue de sa jupe diaphane, de sa camisole moulante et de sa ceinture de piécettes qui s'entrechoquent vient remplacer celle de Blondeau. La grâce de sa démarche, la langueur de ses bras jouant avec ses voiles et son regard de velours l'ensorcellent et lui font battre le cœur. Ses coups de baguette font écho à cette danse, créant un rythme des plus sensuels.

Les trois compagnons assistent, stupéfaits et silencieux, à cette prestation hors de l'ordinaire jusqu'à ce que réagisse celui qui a si gentiment offert son instrument.

— Menteur ! Tu as déjà joué ? dit-il irrité, en lui arrachant les baguettes des mains.

— Je ne mens pas ! C'est la première fois que...

— Me prends-tu pour un imbécile ? interrompt le musicien.

— Je te dis la vérité !

— Arrêtez ! intervient le rouquin.

Faisant fi de l'animosité de son compagnon envers Olivier, il s'approche et lui tend la main.

— Moi, je te crois. Je suis Thomas.

— Olivier, dit ce dernier saisissant la main tendue.

— Moi, c'est Antoine, dit le musicien à la tête rasée, mais tout le monde m'appelle Tootsie.

— Je suis Gabriel, déclare le percussionniste à la longue chevelure. Excuse-moi si je t'ai traité de menteur, *man*. Mais c'est difficile de croire que c'est ta première fois. T'es fort, tu sais !

— Pas besoin de me flatter ...

— Je te dis que c'était SUPER, *man* ! Pas vrai ? demande-t-il en se tournant vers ses camarades.

Ces derniers acquiescent en souriant.

Olivier leur sourit à son tour, heureux comme il ne l'a pas été depuis bien longtemps.

— Es-tu de la région ? s'enquiert Gabriel.

— Je suis de Granby.

— Es-tu dans le coin pour longtemps ?

— Pour deux jours seulement. Je… hésite Olivier… je suis venu voir mon oncle.

— Quel est son nom ?

— Charles Poliquin.

— Connais pas ! Et vous ? demande-t-il en se tournant à nouveau vers ses compagnons.

Ces derniers haussent les épaules en signe d'ignorance.

— A-t-il un chalet au bord du lac ?

— Oui, c'est ça ! ment Olivier, que cet interrogatoire plonge dans un vif embarras. Bon ! Je dois partir. Merci, les gars !

— Dommage que tu quittes si tôt, laisse tomber Thomas. On aurait pu faire une *jam* du tonnerre !

— Je n'ai pas d'instrument.

— Je peux t'en trouver un, si tu veux, offre Thomas.

— Je n'ai pas d'argent…

— Qui te parle d'argent ? interrompt-il. Il y a un vieux baril qui traîne dans le garage de mon père. Je le gardais, au cas où un copain en aurait besoin. Je vais te le donner.

— Pour les baguettes, deux bonnes branches feront l'affaire pour commencer, ajoute Gabriel.

— Avant de retourner chez toi, viens me voir ! Ma maison est juste là, au coin de la rue, termine-t-il en désignant du bout de sa baguette une coquette demeure blanche.

— À moins que tu aies le temps d'y aller maintenant, précise Antoine.

Olivier hésite un moment.

Peut-il faire confiance à ces gars qui ont troqué les bancs d'école pour des bancs de parc ? Ne va-t-il pas encore une fois tomber dans un piège et devenir le mouton noir de cette bande, comme de celle de Blondeau ?

— Pas maintenant, merci. Je dois rentrer. Mon oncle m'attend.

— À demain, peut-être ?

— C'est ça ! Demain ! laisse tomber Olivier.

Il retourne au centre du parc vers la fontaine, sur le bord de laquelle quelques oiseaux ont laissé leurs fientes, et il se dirige résolument vers le chemin des Pères qui le mènera, encore une fois, à l'abbaye.

Derrière lui, le rythme des tambours résonne de plus belle.

9

Le miroir

— Ta mère a téléphoné, annonce dom Samuel quand Olivier arrive au monastère.

— Quand ça ?

— Il y a environ deux heures.

— Qu'est-ce qu'elle voulait ?

— … que tu la rappelles le plus tôt possible.

— A-t-elle demandé où j'étais ?

— Oui.

— Que lui avez-vous dit ?

— La vérité.

— Quelle vérité ?

— Y en a-t-il plusieurs ?

Olivier blêmit. Si ses parents apprennent sa fugue, il ne pourra échapper aux discours interminables, aux sermons et peut-être à des punitions exemplaires.

« Je n'ai vraiment pas besoin de ça en ce moment », songe-t-il.

— Je lui ai dit que tu étais allé faire une promenade au village d'Austin. N'est-ce pas ce que tu as fait ?

— Oui.

Un silence rempli de méfiance réciproque flotte un moment.

— Et elle a trouvé ça correct ?

— Correct ? Je ne sais pas. Normal ? Je pense que oui.

Dom Samuel extirpe soudain une lettre des longues manches de sa bure et la tend à l'adolescent :

— Frère Charles est venu te voir…

— Ha ! Il s'est enfin décidé… interrompt Olivier en s'emparant de la feuille, comme un chien, d'un os tendu.

— Il voulait seulement te redire qu'il ne briserait pas la règle de silence qu'il s'est donnée. Cependant, vu les circonstances et surtout le temps qui te presse tant, il a une idée qui comblera tes attentes.

— Quelle idée ?

— Deux fois par jour, soit après les mâtines et après le souper, je vous transmettrai vos courriers respectifs.

Olivier attrape le bloc-notes que lui présente le moine.

— Tu pourras lui écrire et m'apporter tes lettres à la cafétéria, mais uniquement à la fin du repas, qui sera d'ailleurs servi dans vingt minutes. Tu as une place réservée à la table des invités, lui explique dom Samuel.

— Y a-t-il beaucoup d'invités ?

— Quinze. La semaine prochaine, nous en attendons le double.

— Vous devriez ouvrir une auberge. Ce serait payant ! plaisante l'adolescent.

La plaisanterie ne divertit nullement dom Samuel, qui pose sur Olivier un regard sévère.

— Ceux qui viennent ici recherchent la paix et la tranquillité. Nous les accueillons, à condition qu'ils respectent nos règles et notre manière de vivre. Notre abbaye n'est pas un club de vacances et, je le souhaite, ne le deviendra jamais. Ici, nous prions et travaillons selon les règles dictées par la Bible et celles de notre communauté. Dom Minier, notre supérieur, s'est formellement engagé à ne pas déroger à ces règles, comme nous tous d'ailleurs.

— Excusez-moi, marmonne Olivier, tout penaud.

Sans plus un regard, dom Samuel se dirige vers la caféteria, où se trouvent déjà d'autres moines.

Olivier se précipite dans sa cellule, referme la porte et jette son sac dans un coin avant de déplier le billet d'un geste fébrile. Il lit silencieusement le message tant attendu :

Ton enfer, c'est le regard des autres que tu imagines sur toi.

Mais toi, quel regard poses-tu sur toi-même ?
Quand t'es-tu vraiment regardé dans le miroir ?

Sans tricher ?
Qu'est devenu l'enfant qui sommeille en toi ?
Où est passé le petit Olivier que j'ai toujours aimé ?
L'adulte que tu veux devenir l'a-t-il tué ?

Olivier relit une deuxième fois la missive. Puis la feuille de papier glisse de ses doigts et, dans un bruissement de feuilles mortes, voltige un instant dans la chambre silencieuse avant d'atterrir à ses pieds. Il se lève et se dirige sans hâte vers le lavabo à la porcelaine brillante. Comme un condamné à mort aux derniers instants de sa vie, il hésite et tremble avant de fixer son image dans le miroir.

Pour la première fois depuis la nuit de sa fuite, Olivier se fait face. Il voit ses yeux cernés, son teint blême, sa barbe naissante dessinant une ombre fine au-dessus de sa lèvre supérieure et sur son menton. Ses yeux scrutent la profondeur des prunelles noisette quand un brouillard les soustrait à sa vue. Des larmes gonflent ses paupières et coulent lentement sur ses joues.

Olivier ne cille pas et se regarde pleurer comme jamais encore il n'a osé le faire. Après quelques secondes, de lourds sanglots le secouent, lui soulevant les épaules. Une douleur logée au creux de sa poitrine le fait grimacer et se pencher un peu. Il pose le plat de sa main sur son cœur qui semble vouloir éclater. Il reste ainsi quelques minutes avant de se redresser et de fixer à nouveau son visage ruisselant de larmes. Le masque de cynisme qu'il a porté pour plaire aux autres, à Blondeau surtout et à sa bande, fond peu à peu, dévoilant le vrai visage de l'enfant qu'il est toujours.

Il renifle un bon coup, essuie ses joues sur lesquelles les larmes ont laissé des stries foncées et soupire de bonheur. Dans l'obscurité grandissante, il se délivre peu à peu du poids de la honte qui lui serre le cœur depuis qu'il sait avoir mal agi.

« Je veux redevenir moi-même, se dit-il comme un serment. Vivre en paix avec moi-même… Dorénavant, personne ne me fera faire des gestes qui me répugnent. »

Il quitte le miroir, ramasse la lettre qu'il plie avant de la déposer doucement sur la table de chevet, comme on dépose un objet des plus précieux. Il s'empare du bloc-notes, trouve un stylo dans son sac à dos et, s'asseyant sur le lit, commence à écrire.

Cher oncle Charles,

Je me suis regardé dans le miroir et j'ai vu que j'avais beaucoup changé.

À cause de mes amis, j'ai fait des choses qui me répugnent. J'ai été témoin d'actions répréhensibles, et j'ai surtout sur la conscience des gestes indignes, faits à une fille qui ne méritait pas ça.

Si tu savais, oncle Charles, comme je ne suis pas fier de moi !

Je ne sais plus que faire pour réparer ma faute. Je voudrais pouvoir lui dire que je pense souvent à elle. Lui expliquer surtout que, si j'ai agi comme je l'ai fait, c'était parce que j'y étais poussé par les gars de la bande.

Seul je n'aurais jamais osé faire ça.

Mais je l'ai fait quand même, et je me déteste pour ça…

J'aimerais tant qu'elle me pardonne. Je ne peux pas revenir en arrière, mais je sens que je dois faire quelque chose pour que ça ne se reproduise plus jamais. Que la bande à Blondeau cesse de faire les quatre cents coups.

Qu'ils cessent d'intimider tout le monde dans notre école. Je voudrais…

Brusquement, il s'arrête. Coincé entre l'index et le majeur, le crayon reste un moment dans les airs. Olivier voudrait tellement que cette histoire n'ait jamais commencé ! Qu'il puisse retourner chez lui, aller librement à l'école sans craindre les représailles.

S'il en avait le pouvoir, il effacerait tout de sa mémoire, comme on efface une mauvaise réponse d'un coup de brosse sur le tableau noir et rayerait ces deux jours de cauchemar du calendrier de sa vie. La paix reviendrait entre lui et ses anciens copains. Avec ses parents. Peut-être même avec Salomé.

« Mais c'est d'abord avec moi-même que je dois être en paix. Je dois redevenir celui que j'étais avant », s'encourage Olivier.

Son ventre qui gargouille lui rappelle qu'il doit être ponctuel au repas. Il termine sa lettre en vitesse :

Je dois te parler avant de quitter le monastère. J'ai besoin de tes conseils.

Même si je ne comprends pas pourquoi tu as décidé de venir vivre ici, j'ai toujours confiance en toi.

Malgré ce que j'ai fait, je veux que tu saches que je ne suis ni un délinquant, ni un délateur, ni un être déloyal. Cependant, si je dois porter l'un de ces chapeaux afin que ma conscience me laisse en paix, je deviendrai un délateur.

J'ai peur, oncle Charles… Je ne sais pas par où commencer et je n'ai plus qu'une journée pour trouver une solution. Je dois sortir au plus tôt de cette impasse si je veux encore me regarder dans le miroir sans pleurer.

J'attends ta réponse avec impatience.

Ton filleul qui t'aime fort, et qui met toute sa confiance en toi.

Olivier

xxx

Il se lève, plie la missive, la glisse dans la poche de ses jeans, passe ensuite au lavabo se laver vigoureusement les mains avant de s'asperger le visage d'eau fraîche. Il essuie l'eau qui perle sur sa peau, inspire un bon coup avant de quitter la cellule en direction de la cafétéria où flottent les effluves d'un bon repas.

10

La lettre de saint Paul

Avec les quatorze autres invités, Olivier déguste en silence une soupe de légumes, cueillis dans le jardin de la communauté. Il mord à belles dents dans une tranche de pain cuit le matin même dans le four à bois des cuisines de l'abbaye. Assis non loin, Charles ne lève pas le nez de son repas, visiblement occupé à écouter la deuxième épître de saint Paul aux Corinthiens, lue par un vieux moine à la voix monotone, debout derrière une petite tribune.

Quand je parlerais les langues des hommes et des anges, si je n'ai pas la charité, je suis un airain qui résonne, ou une cymbale qui retentit…

Il fait une courte pause, toussote avant de continuer.

De son côté, Olivier fixe toujours Charles, espérant que ce dernier tournera enfin les yeux vers lui.

… la charité est patiente, continue le lecteur, *elle est pleine de bonté ; la charité n'est pas envieuse ; la charité ne se vante point, elle ne s'enfle point d'orgueil, elle ne fait rien de malhonnête, elle ne cherche point son intérêt, elle ne s'irrite point, elle ne soupçonne point le mal, elle ne se réjouit point de l'injustice, mais elle se réjouit de la vérité ; elle excuse tout, elle croit tout, elle espère tout, elle supporte tout.*

Olivier a le cœur gonflé d'amertume contre Charles qui l'ignore toujours. Comme il lui en veut ! Comme il voudrait se lever, l'appeler, lui crier même sa profonde frustration de se voir ainsi rejeté. Oublié…

Lorsque j'étais enfant, continue le vieux moine, *je parlais comme un enfant, je pensais comme un enfant, je raisonnais comme un enfant ; lorsque je suis devenu homme, j'ai fait disparaître ce qui était de l'enfant. Aujourd'hui nous voyons au moyen d'un miroir, d'une manière obscure, mais alors nous verrons face à face ; aujourd'hui je connais en partie, mais alors je connaîtrai comme j'ai été connu.*

Charles lève les yeux vers son filleul qui le fixe toujours. Ce dernier lui montre la lettre qu'il lui a écrite. Du menton, Charles désigne l'émissaire, dom Samuel, assis en face de lui. Hochant doucement la tête, Olivier lui signifie qu'il a compris. Le filleul et le parrain se sourient, scellant ainsi une entente, sorte de pacte de reconnaissance commune. Du bout de l'index et du majeur, Charles touche ses lèvres avant de porter ses deux doigts à son cœur. En signe d'au revoir, il incline la tête avant de quitter la cafétéria à la suite de ses compagnons bénédictins.

Charles t'aime toujours. Il ne t'oublie pas, lui souffle la petite voix.

Olivier engouffre le dernier morceau de son biscuit à la mélasse, vide le verre d'eau d'un trait. Il quitte son siège et se dirige en hâte vers dom Samuel qui déserte lui aussi la cafétéria qui se remplit maintenant de bruit de vaisselle et de coutellerie.

— Pouvez-vous remettre ceci à mon oncle, s'il vous plaît ?

— Avec plaisir ! As-tu apprécié le repas ?

— Ça manquait un peu de sauce et d'épices, mais c'était bien.

— Tu me sembles plus calme. Ça va mieux ?

— Oui. Merci.

Olivier prend congé de son hôte et marche vers le petit cagibi abritant l'appareil téléphonique. Une fois le combiné en main, il enfonce les touches avec vigueur et attend.

Une sonnerie retentit une première fois, puis une deuxième. La voix de Christine se fait enfin entendre.

— Allô ?

— Allô, maman ? C'est moi.

— Olivier, enfin ! Tu vas bien ?

— Oui. Toi aussi ?

— Oui, oui ! Ça va ! Même si ton père est toujours…

— Fâché contre moi, interrompt le garçon.

— Disons qu'il n'a pas encore digéré ton refus de revenir avec nous. Il n'arrête pas de me répéter que tu ne lui fais pas confiance, que tu préfères ton oncle Charles. Il se sent rejeté.

Un silence, rempli de sous-entendus, s'étire un moment entre eux.

— Il est profondément blessé, je crois, ajoute sa mère d'une voix tremblante.

— Je ne voulais pas lui faire de peine.

— Je sais, mon grand. Je sais…

— Tu voulais me parler ?

— Julien et Patrice sont venus à la maison. Ils voulaient savoir où tu étais.

— Que leur as-tu dit ?

— Que tu étais malade et en convalescence chez ta grand-mère.

— Ils ne doivent pas avoir gobé ça !

— Je ne suis pas douée pour le mensonge, tu le sais.

— Ça, c'est vrai ! Qu'est-ce qu'ils t'ont dit ensuite ?

— Julien exige que tu le rappelles de toute urgence. Il a mentionné un certain Xavier Blondeau qui voulait te parler.

Olivier reste sans voix.

— Qui est-ce ? interroge Christine.

— Un gars dans mon cours de géographie qui a besoin de mes notes pour remettre un travail.

— Est-ce à cause de lui que tu as fui ?

Le sang d'Olivier ne fait qu'un tour.

— Ça n'a aucun rapport ! Et puis je n'ai pas fui ! Je voulais juste voir oncle Charles !

— En pleine nuit ?

— Arrête, maman ! On parlera de tout ça quand je serai à la maison.

— Oui… Tu as raison. Excuse-moi.

Christine se racle la gorge avant d'enchaîner :

— Mon petit frère te donne-t-il les conseils que tu espérais au moins ?

— Disons qu'il m'aide à trouver des solutions, répond Olivier en choisissant bien ses mots.

— Je suis contente d'entendre ça ! J'étais inquiète de te laisser là-bas, tu sais. Et puis Charles a tellement changé. T'a-t-il dit pourquoi il s'entête à rester dans ce monastère ?

— Je croyais que tu le savais !

— Pas vraiment. Le jour où il m'a annoncé qu'il avait changé d'adresse, il m'a parlé d'un accident et d'une femme, mais son récit était confus. En tout cas, il a vécu quelque chose qui l'a complètement ébranlé, ça c'est sûr.

« Charles vivrait-il une peine d'amour ? » songe Olivier, silencieux.

— Bon ! conclut enfin sa mère. Je suis heureuse de savoir que tu vas mieux. Ton père et moi irons te chercher au monastère demain, vers dix-sept heures, comme prévu. D'ici là, si tu as besoin de quoi que ce soit, n'hésite pas à me téléphoner.

— D'accord ! Merci pour tout.

— Je t'aime beaucoup, Olivier, ajoute-t-elle, un nouveau tremblement dans la voix.

— Je t'aime aussi, maman. Bye !

Il raccroche.

Le message de Julien le ramène à la dure réalité. Telle une vipère, la peur s'est immiscée en lui et lui tord les tripes.

— Maudit Blondeau ! crache-t-il entre ses dents serrées.

Dans la cabine exiguë, il a du mal à respirer. Il imagine un moment ce qui se passe au-delà des murs calmes et protecteurs de l'abbaye. Il entrevoit le sort que lui réserve celui qui a juré de se venger.

Olivier reprend brusquement le récepteur d'une main et compose sans plus attendre le numéro de téléphone de son plus vieil ami.

Après deux sonneries, Julien répond :

— Allô ?

— Allô, Julien ! C'est Olivier.

— Olivier ! Mais où es-tu ?

— Je suis en convalescence chez…

— Ne me raconte pas d'histoires ! Je sais que tu te caches. Blondeau te cherche partout.

— Qu'est-ce qu'il me veut ?

— Ça serait plutôt à moi de te poser cette question, non ? Après tout ce qu'il raconte sur toi.

— Que dit-il ?

Le silence embarrassé de son ami lui fait présager le pire.

— Dis-moi vite ce qu'il raconte ? réitère Olivier, que l'angoisse gagne de plus en plus.

— Il fait courir des rumeurs à propos de toi et de Salomé Tanzahari.

— Quelles sortes de rumeurs ?

— Écoute, Olivier… Je ne veux pas parler de ça au téléphone. Viens à la maison ! Je te dirai tout, sans crainte que tu sois en compagnie de Blondeau et sa gang…

— Ben voyons donc ! interrompt Olivier. Pour qui me prends-tu, Julien ? Je ne te tendrais pas un piège pareil ! Et puis, je ne veux plus rien savoir de Blondeau. Si tu es encore mon ami, fais-moi confiance et dis-moi vite ce qui est arrivé à cette fille !

— Elle a disparu.

— Quoi !

— Après le spectacle, elle n'est pas revenue à l'école. Comme toi, d'ailleurs! Alors, tout le monde pense que vous avez quitté la ville ensemble.

Dans l'obscurité qui envahit le cagibi, Olivier déglutit avec peine. Il a chaud. Dans sa main moite, le récepteur glisse lentement. La voix de Julien le sort de ses pensées.

— Olivier? As-tu vraiment fugué avec elle? Mon afficheur indique que tu téléphones de l'indicatif 819. Où es-tu? Ta grand-mère n'habite plus à Montréal?

— Laisse faire! Ce serait trop long à expliquer! Je te jure que je n'ai pas fugué et encore moins avec Salomé. Dis-moi plutôt ce que cette bande de cons colporte d'autre à mon sujet.

— Ce midi même, à la cafétéria, Blondeau s'est approché de Patrice et de moi et nous a ordonné de te conseiller de fermer ta gueule. Il a ajouté qu'à ton retour il te réservait un accueil mémorable.

— C'est tout?

— C'est déjà pas mal, non? Venant de Blondeau, j'imagine que ce ne sera pas un accueil très amical.

— Es-tu certain de tout me dire?

— Tu ne me crois pas? Je t'ai toujours dit la vérité! Franchement, Olivier, tu me déçois!

— Je te crois, Julien, je te crois! J'aurais d'ailleurs dû suivre tes conseils et ne pas frayer avec Blondeau.

— Je t'avais prévenu, en effet!

Un nouveau silence s'installe entre les deux amis.

— Tu ne m'en veux pas trop ? demande Olivier.

— Je ne t'en veux pas du tout, mais au nom de notre amitié, tu dois me dire ce qui s'est passé.

Olivier hésite.

— Je ne peux pas ! Ce serait trop dangereux pour toi et pour Patrice.

— C'est si grave que ça ?

— Tout ce que je peux te dire, c'est que Blondeau a fait une connerie monumentale et que j'ai été son complice.

— Je ne te crois pas ! Blondeau a peur de toi parce que tu…

— Arrête ! Tu n'y es pas du tout ! interrompt Olivier. Je suis aussi coupable que lui.

Cette dernière phrase ravive dans la bouche du garçon le souvenir honteux des baisers volés. Soudain, trois coups secs frappés à la porte de la cabine lui font comprendre que quelqu'un veut utiliser le téléphone.

— Je dois te laisser, dit Olivier avec précipitation. Je te rappelle demain, à la même heure. Merci de m'avoir prévenu ! Je suis content que tu sois encore mon ami.

— Moi aussi ! Fais attention à toi !

— Pas un mot à Patrice. Et si quelqu'un d'autre te questionne, surtout Blondeau, tu ne sais rien !

— Ne t'en fais pas ! S'il fait quoi que ce soit contre moi, j'en avise aussitôt mon père, qui le dira au directeur. Salut !

— Salut !

Olivier raccroche et sort en vitesse du cagibi, bouscu-
lant sans le vouloir un homme d'une quarantaine d'années qu'il a entrevu à la table des invités.

— Pardon ! dit-il avant de foncer vers sa chambre.

À la lueur de la lampe de chevet, il s'empare du bloc-
notes, attrape le crayon et griffonne en hâte un message
pour Charles. Une fois terminé, tenant la missive dans sa
main moite, il sort en courant à la recherche de son mes-
sager. Il débouche dans la salle communautaire où
quelques moines passent un peu de temps en compagnie
des pensionnaires. Il aperçoit dom Samuel qui discute en
riant avec quelques invités. Il s'approche et lui tend le
papier.

— C'est pour Charles.

Dom Samuel le regarde gravement, s'empare du
billet qu'il glisse cette fois sous sa ceinture.

— Je vais la lui donner durant les complies. C'est le
dernier office du soir, pourquoi n'y assisterais-tu pas ?

— Non, merci ! lance Olivier d'un ton peu amène.
Dites à oncle Charles de me répondre le plus vite possible.

— Il y a quelques instants, Charles m'a justement
remis cette lettre pour toi, dit dom Samuel en la lui tendant.

Le cœur gonflé d'espoir, Olivier quitte la salle commune, emportant son trésor.

11

La voix de l'âme

Mon cher Olivier,

Je suis content que tu aies tenté l'épreuve du miroir. Heureux que tu aies retrouvé le vrai visage de ton âme. Elle est belle. Je l'ai toujours cru. C'est sa voix qui résonne dans ta conscience et c'est sûrement elle qui t'a poussé à venir me rejoindre.

Comme tu me le fais comprendre, ta conscience demande pardon. Tu dois d'abord savoir jusqu'où tu es prêt à aller, avant de te lancer dans des aveux ou des accusations. Car là réside à la fois le problème et la solution. Si tu ne veux pas sortir écorché et aigri, tu dois donner sans mesure et surtout savoir demander pardon, et aussi savoir pardonner, malgré la haine, la rage, la crainte et le désespoir qui torturent ton cœur. T'es-tu pardonné à toi-même, Olivier ?

Te donnes-tu la chance de t'aimer encore ? D'aimer

celui que tu es devenu et qui, comme tu l'as signé au bas de ta lettre, n'est plus un enfant? La plus grande chute est celle que l'on fait du haut de l'innocence. Nous la vivons tous un jour ou l'autre. Il faut savoir se relever et avancer dans la bonne direction, celle que nous dicte notre conscience.

Ne crois surtout pas t'être trompé de chemin. Tu n'es peut-être tout simplement pas allé encore assez loin. Personne ne peut fuir son cœur, car c'est lui qui détient la clé du bonheur. Tout le reste est inutile et vain… Quand tu auras trouvé ton véritable problème, la solution s'imposera facilement à toi. J'attends de toi un signe.

Charles qui t'aime
xxx

Il est onze heures. Dehors, la nuit a tout envahi. Couché dans son lit, Olivier relit pour la troisième fois la lettre de son oncle.

« Il a raison, je dois écouter la voix de ma conscience. Dès mon retour à la maison, je vais avouer ma faute et porter des accusations contre Blondeau et sa bande. Ils doivent cesser d'intimider tous les jeunes une bonne fois pour toutes. Ce n'est plus vivable à l'école. »

Il inspire profondément.

Malgré toute la bonne volonté dont il se sent capable, il ne sait pas s'il pourra aller jusqu'au bout de ce calvaire.

« Si je suis reconnu coupable moi aussi, de quelle peine écoperai-je ? » songe-t-il, anxieux.

Il lui est arrivé auparavant de prêter vaguement attention à un bulletin de nouvelles dans lequel le lecteur annonçait l'arrestation d'une bande de jeunes reconnus coupables d'extorsion, de taxage et d'agression sexuelle. Ils avaient reçu des peines d'emprisonnement très sévères. C'est lors de ce bulletin qu'Olivier a, pour la première fois, entendu parler des maisons d'accueil pour les jeunes contrevenants.

« Je pourrais peut-être me retrouver derrière des barreaux ou dans un de ces centres, moi aussi… »

Tu ne veux pas finir dans ces institutions, n'est-ce pas ? chuchote la petite voix.

— Absolument pas ! Et pourtant, j'ai l'impression que c'est directement là que me mènera mon aveu, gémit-il.

Si aucune accusation n'est portée, tu ne risques rien, ajoute la voix.

— Qu'il y ait ou pas une plainte contre moi ne change rien. Blondeau est coupable. Les gars de sa bande sont coupables. Et moi aussi je suis coupable envers Salomé qui n'a rien fait pour mériter ça, s'admoneste-t-il tout bas.

Si Salomé n'est pas revenue à l'école, si elle n'a pas encore déposé de plainte auprès des policiers ou à la direction de la polyvalente, peut-être est-ce parce qu'elle craint de voir ressurgir ces gars qui lui font peur ? Peut-être lui ont-ils fait des menaces ? poursuit la voix.

— Elle a peur ! C'est ça ! Voilà pourquoi elle a fui et ne dit rien ! Comme tous les autres élèves d'ailleurs qui continuent à se plier aux exigences de ces tyrans ! Il ne faut plus les laisser faire ! Quelqu'un doit se dresser contre eux, dénoncer leurs manœuvres d'intimidation et leurs méfaits à la police.

Olivier se redresse sur son lit.

— Je sais ce que je dois faire…

D'un seul élan, il s'empare à nouveau du bloc-notes et du crayon posés sur la table de chevet et commence à écrire.

Monsieur le directeur,

Je vous écris cette lettre pour dénoncer une bande qui fait régner la terreur au sein de la polyvalente et commet de multiples méfaits contre les élèves. Leurs actions doivent cesser. Il y a deux jours, Xavier Blondeau et sa bande, dont je faisais partie, ont agressé une jeune fille. Ce méfait s'ajoute à tous les autres, commis depuis le début de l'année scolaire, qui empoisonnent la vie de tous les étudiants. Je parle du taxage qu'ils exercent sur les plus jeunes du secondaire et d'autres formes d'intimidation et de contrebande.

Tout le monde a peur d'eux, voilà pourquoi personne n'ose les dénoncer.

Je le fais parce que je ne peux plus me taire, garder secrètes leurs manigances et voir leurs mauvaises actions impunies.

Au nom de toutes les victimes de leurs méchancetés, je déposé cette plainte et vous demande de faire arrêter ces voyous qui détruisent la qualité de vie des élèves et donnent ainsi mauvaise réputation à notre polyvalente.

Je suis prêt à témoigner de ce que j'affirme devant la police.

Au moment de signer, Olivier hésite. Bien que convaincu d'avoir raison, il appréhende les jours à venir avec crainte.

Comment réussira-t-il à jouer les rôles à la fois de délateur, de victime et de coupable ? Quelle crédibilité aura son témoignage quand on découvrira qu'il a participé à l'agression de la jeune fille ? Le croira-t-on ou mettra-t-on sur le dos de la vengeance cette déposition inattendue et non corroborée par la victime elle-même ?

Il faut que tu parles à Salomé. Elle aussi doit porter plainte, lui murmure la petite voix.

Cette pensée lui donne des ailes. Olivier arrache la feuille et, s'enhardissant, se remet à écrire.

Salomé,
C'est moi, Olivier Leblanc. Je sais que tu as souffert et que…

Il rature cette ligne en maugréant.

— Triple idiot ! Elle va croire que tu veux la piéger !

Il entend un bruit furtif venant de derrière la porte. Il se redresse et tend l'oreille. Un bruit de chuchotements lui parvient.

« Tout le monde devrait pourtant être dans sa cellule à cette heure-ci », songe-t-il, perplexe.

Abandonnant son bloc-notes sur ses draps en désordre, Olivier éteint sa lampe de chevet. Sans bruit, il s'approche de la porte et y colle l'oreille.

— Elle est revenue, dit la voix grave de dom Samuel que le garçon reconnaîtrait entre mille. Elle vous attend.

— Comment va-t-elle ? demande Charles, dont la voix tremble.

Toujours en faction derrière la porte, l'adolescent retient son souffle.

— Elle m'a paru très fatiguée.

— Avez-vous appelé les autres ?

— Ils sont tous là. Ne vous inquiétez pas. Que faites-vous ici, à cette heure ?

— Je voulais parler à mon filleul, mais il semble dormir déjà.

Le bruit d'une feuille de papier que l'on froisse brise le silence revenu.

— Pouvez-vous lui remettre cette lettre demain matin ? Dites-lui aussi que je viendrai le voir avant son départ.

— Je le ferai, sans faute. Courez vite au couvent ! Elle a besoin de vous.

— Pas autant que moi j'ai besoin d'elle, hélas !

— Dieu ne l'a pas mise sur votre route par pur hasard. Elle vous a fait comprendre le vrai sens de la mission qu'Il vous confie et dont vous devez accepter les bonheurs comme les malheurs.

— Merci, Samuel ! Je ne sais pas ce que je serais devenu sans vous, termine Charles, dont la voix trahit une vive émotion.

— Ce n'est rien, mon frère ! Allez ! Ne la laissez pas attendre plus longtemps !

Leurs pas furtifs sur le carrelage indiquent à Olivier que les deux hommes s'éloignent en direction opposée.

Bien décidé à lever le voile sur le secret de son oncle, il retourne vers son lit, rallume la lampe dont la lueur subite le force à baisser les paupières. Il attrape ses vêtements épars, les enfile en vitesse, et marche vers la porte qu'il entrouvre lentement avant de passer la tête dans l'entrebâillement et sortir en tapinois. D'instinct, il s'approche de la fenêtre ogivale qui lui fait face et scrute l'obscurité des jardins. Sur sa gauche, à proximité d'un sentier qui mène au couvent réservé aux femmes, le faisceau d'une lampe de poche tremblote, vacillant au rythme des pas de son porteur.

12

Le secret

Le bruit des pas d'Olivier est amorti par le tapis de mousse qui longe le sentier. À une dizaine de mètres devant lui, le faisceau de sa lampe le précédant, Charles avance toujours en direction du couvent des femmes, situé à quelques mètres du monastère. Dans la tête de son neveu, plusieurs scénarios, tous plus farfelus les uns que les autres, prennent peu à peu toute la place. Il imagine des aventures rocambolesques mettant en scène des espions, des immigrants illégaux, des victimes et des coupables. Parmi les coupables, Charles, le postulant, cachant sa véritable identité sous une robe de moine, incapable d'échapper à l'emprise d'un amour impossible.

Charles n'aimerait pas découvrir que tu l'épies, susurre la petite voix.

« Il n'en saura rien », se dit Olivier pour se rassurer.

Charles s'arrête à l'entrée du couvent.

Repérant un bosquet d'ifs non loin, Olivier court silencieusement s'y tapir. Le hululement d'une chouette fait écho aux battements effrénés de son cœur. Il a peur, mais le désir de découvrir la vérité est plus fort que tout. Avisant une porte de service dissimulée sous une vigne, Olivier court s'y cacher afin d'être plus près de l'endroit où Charles attend. Il ne veut rien perdre de ce rendez-vous aussi mystérieux qu'inattendu.

Soudain, les gonds de la porte de l'entrée principale grincent.

— Tu es là ! Je n'y croyais plus…, dit une voix féminine.

— Je t'avais promis de t'attendre ici, rétorque Charles.

— J'ai eu peur que tu ne tiennes pas ta promesse.

— J'ai fait beaucoup de mal dans ma vie, mais je n'ai jamais manqué à une promesse.

— Pardonne-moi. Je ne voulais pas te blesser.

— La seule blessure que tu m'infliges est de ne pas…

— Ne dis rien, je t'en prie ! Ne gâche pas ce merveilleux moment !

Un silence étreint un instant l'obscurité des bois.

— Comment vas-tu ? questionne Charles.

— Mieux.

— As-tu aimé la Californie ?

— C'est magnifique ! Merci de m'avoir permis de séjourner près de la mer comme je l'ai toujours rêvé.

— Cet argent que tu détestes tant aura au moins servi à te procurer ce bonheur.

— Mon réel bonheur est d'être ici, à Saint-Benoît-du-Lac. C'est si calme et si reposant. En ta compagnie, c'est le paradis…

Le cri de la chouette troue le silence une seconde fois.

— Es-tu revenue pour longtemps ? interroge à nouveau Charles.

— Oui. Et toi ? Comment se passe ta nouvelle vie au monastère ?

— J'y découvre de plus en plus un grand bonheur. Je vis un jour à la fois, travaillant et priant avec mes compagnons. Je lis, je découvre les plaisirs simples du travail bien fait et surtout je vis en paix avec moi-même. Tu avais raison, il était temps que je me reprenne en main et surtout que j'apprenne à me voir tel que je suis vraiment.

— Et qui es-tu, vraiment ?

— Un homme qui ne veut plus être égoïste, cynique et mesquin. Grâce à la méditation et à la prière, j'ai brisé des barrières intérieures et franchi une étape importante menant sur la voie d'un bonheur tout simple.

— Je suis heureuse de voir que tu ne portes plus ton masque.

Une légère quinte de toux se fait entendre.

— Tu te fatigues, gronde Charles, tu ne devrais pas être ici après ce si long voyage.

— Tu te fais trop de souci pour moi.

— Tant et aussi longtemps que tu seras en vie, je ferai tout pour t'aider. Pour te sauver envers et contre tous, y compris toi-même s'il le faut !

— Ne dis pas cela ! Ma route est tracée d'avance, comme la tienne d'ailleurs. Nous n'y pouvons rien. C'est le destin.

Figé comme une statue de sel, Olivier retient son souffle.

— J'ai tellement besoin de toi, Charles…

Des sanglots se marient un instant au vent qui fait bruire les feuilles des peupliers.

Mal à l'aise, Olivier reste immobile, maîtrisant avec peine une crampe qui lui raidit le mollet gauche.

— Je reviendrai te voir tous les jours, balbutie Charles, dont la peine est palpable.

— Demain matin, je t'attendrai sous le pommier où nous nous sommes parlé pour la première fois.

— J'y serai sans faute.

— Bonne nuit, Charles !

— Bonne nuit !

Dans le noir, Olivier devine plus qu'il ne distingue la silhouette, plus voûtée qu'à l'accoutumée, de son oncle retournant au monastère.

Pauvre oncle Charles! Il vit un amour impossible, murmure la petite voix.

Prenant appui sur le mur, Olivier se redresse, et masse vigoureusement son mollet douloureux. Ce faisant, il enfonce une sonnette dont le carillon résonne loin dans le couvent silencieux.

Des bruits de pas et de voix, suivis d'éclairs de lampes qui s'allument, effraient l'adolescent qui déguerpit comme s'il avait le diable à ses trousses. Sortant du jardin, Olivier s'enfonce sous le couvert des arbres, comme il l'a fait le soir de sa fuite, au chalet de son oncle. Une fois sous abri, il jette un regard vers les bâtiments où rien ne bouge.

Venant du couvent, le bruit d'une porte qui s'ouvre le fait reculer de quelques pas. Une silhouette d'une impressionnante dimension s'y encadre. Le gardien de sécurité vérifie les alentours avant de se diriger vers la porte où Olivier a trouvé refuge quelques minutes auparavant. Puis il revient vers l'entrée principale avant de disparaître à l'intérieur de l'enceinte.

— Ouf! souffle Olivier en sortant vivement de sa cachette.

— Tu m'espionnes maintenant? tonne une voix furibonde.

— Aaah! s'écrie l'adolescent, effrayé.

Devant lui, son capuchon pointu sur la tête et les bras croisés sur sa poitrine, Charles lui barre la route.

13

La vraie raison

— Au petit matin, comme je revenais d'une soirée bien arrosée entre amis, je roulais sur la route menant vers Austin quand une femme est sortie du bois et s'est littéralement jetée devant ma voiture.

— Tu ne l'as pas vue venir ? demande Olivier qui ne perd pas un mot du récit de Charles.

— Pas du tout. J'étais saoul.

— Tu l'as heurtée ?

— J'ai tenté de l'éviter, mais je l'ai quand même touchée. Et elle a été projetée sur le bord de la route.

— C'est à ce moment que vous vous êtes rencontrés ?

— Non.

— Comment ça, non ?

— Je… commence Charles, comme si cet aveu lui

demandait tout son courage, je n'ai… Comment t'expliquer… Je… Je ne lui ai pas porté secours.

— Tu as laissé quelqu'un sur le bord de la route sans lui porter secours ? coupe Olivier, estomaqué.

— J'avais bu. Je n'ai pas réagi tout de suite. Et puis j'ai eu peur.

Le postulant baisse les yeux sur ses bras croisés afin d'éviter le regard posé sur lui.

Olivier va se poster près de la fenêtre ouverte sur la nuit.

Dans la cellule où l'adolescent et son oncle se sont réfugiés quelques minutes plus tôt, le temps s'est arrêté. Dans un coin, assis sur la chaise inconfortable, Charles relève la tête et affronte le regard accusateur de son neveu.

— Tu as raison de me juger.

— Je ne te juge pas.

— Je ne suis pas stupide ! Ton regard dit tout…

— J'essaie de comprendre comment tu as pu agir ainsi. Tu n'as même pas pensé à te servir de ton téléphone cellulaire ?

— Écoute plutôt mon récit jusqu'à la fin, lui intime son oncle d'un ton autoritaire. Après tu me diras ce que tu veux.

Olivier acquiesce d'un signe de tête.

Après une profonde inspiration, Charles poursuit :

— Une demi-heure plus tard, totalement désemparé, j'ai emprunté d'instinct la route menant à l'abbaye. Je suis arrivé comme un fou, j'ai sonné à la porte. Dom Samuel m'a ouvert.

— En pleine nuit?

— Il veillait en priant. Je lui ai raconté ce qui venait de m'arriver. Il a d'abord téléphoné à la police, puis nous sommes retournés ensemble sur les lieux de l'accident. La jeune femme était toujours inconsciente, allongée sur le bord de la route. Une biche se tenait près d'elle. Comme si elle faisait le guet.

— Moi aussi, j'ai vu une jeune biche, juste avant d'arriver à ton chalet! Peut-être est-ce la même?

— Les bois par ici pullulent de chevreuils, de biches et de faons…

— Vous avez emmené la femme à l'hôpital, je suppose?

— Non. Lorsqu'elle a repris connaissance, nos yeux se sont croisés. Elle a ensuite tourné la tête vers le frère Samuel et nous a suppliés de ne pas l'emmener à l'hôpital. Nous avons aussitôt rappelé les policiers pour leur dire que tout allait bien, qu'ils ne devaient pas se déplacer pour rien.

— Et ils vous ont crus!

— Tu oublies que c'est assez difficile de mettre en doute la parole d'un moine. Surtout que dom Samuel est très connu dans la région. Il était enquêteur dans l'escouade criminelle de la GRC.

« Voilà pourquoi une telle autorité se dégage de cet homme ! » songe Olivier.

— Après avoir installé la blessée dans ma voiture, nous avons repris la route vers le monastère avant de la transporter au couvent où des religieuses infirmières ont pris soin d'elle.

— Et toi, qu'as-tu fait ?

— Je ne savais pas ce qui allait arriver. J'étais en état de choc ! Dom Samuel m'a offert de rester à l'abbaye jusqu'à ce que j'aie retrouvé mes esprits. Je croyais y demeurer seulement deux jours, mais je n'en suis plus sorti. J'ai encore besoin d'y voir clair dans ma tête.

— Tu ne savais plus quoi faire ? Toi, Charles Poliquin qui a toujours eu réponse à tout !

— Je n'avais jamais encore été aussi malheureux et dérouté. J'étais coupable d'ivresse au volant et de délit de fuite. Pis encore, je n'avais pas porté secours à la blessée. Si cette femme portait plainte, je ferais face à la justice, perdrais mon emploi, ma fortune, mes relations… Ce qui me faisait le plus souffrir cependant, c'était ma mauvaise conscience.

Charles fait une pause et se passe la main sur le front :

— Ce constat me confondait et me faisait détester l'homme que j'étais devenu. Mon réel tourment était de ne plus pouvoir me regarder dans le miroir. J'ai donc laissé pousser ma barbe…

— C'est fort, ce truc du miroir !

— Très fort ! Dom Samuel me l'avait fortement suggéré.

— Qu'est-il arrivé après ? insiste Olivier, qui veut en savoir davantage.

— Après… J'ai écouté la voix de ma conscience, qui me conseillait de réparer le tort fait à Éléonore.

— C'est son nom ?

— Oui. Un beau nom…

Charles sourit.

— Une semaine s'est écoulée. Ses blessures corporelles étaient guéries, mais celles qui affligeaient sa mémoire et son cœur demeuraient. Un après-midi, où elle m'avait donné rendez-vous dans le verger, Éléonore m'a dit qu'elle ne porterait pas plainte, car elle m'a avoué qu'elle s'était volontairement jetée devant ma voiture.

— Pourquoi ?

— Deux jours avant l'accident, elle avait appris qu'elle était atteinte d'un cancer des os qui, selon son médecin, l'emporterait dans les deux prochains mois. Elle n'a pas voulu y croire. Elle a consulté un autre spécialiste qui lui a confirmé le diagnostic. Elle avait vu sa mère, elle aussi atteinte du même mal, souffrir terriblement des traitements de chimiothérapie qui, loin d'améliorer sa santé, avaient plutôt détérioré la qualité du peu de vie qui lui restait. Après avoir réfléchi, elle avait décidé de ne pas être la proie docile de la souffrance et de la mort. « Je n'ai pas de dévotion pour le sacrifice ! » répétait-elle souvent.

Charles passe à nouveau une main nerveuse sur son front moite avant de conclure :

— Voilà pourquoi, cette nuit-là devant ma voiture, elle a tenté de se suicider.

— Tu as été, sans le vouloir, l'instrument de son destin, conclut l'adolescent à son tour.

— Et elle, du mien… Tout comme toi cette Salomé, en quelque sorte ! Chacun de nous est l'instrument du destin d'un autre, ne crois-tu pas ?

— N'essaie pas de me convaincre de mon innocence… Dans ton cas, c'était un accident. Un hasard. Pour moi, c'est différent. J'ai agi de façon volontaire. Je suis coupable envers cette fille.

— Dois-je comprendre que tu as pris une décision ?

— Oui. J'ai déjà écrit une lettre au directeur de mon école. Je vais la lui remettre en mains propres dès mon retour.

— Tu n'as pas peur de ce que ça va entraîner pour toi ?

— Un peu… Mais je dois le faire si je ne veux pas laisser pousser ma barbe !

Oncle et neveu ont un rire de connivence.

— Tu ne l'oublieras pas de sitôt, cette affaire de miroir, n'est-ce pas ?

— Ça, c'est sûr ! Je veux pouvoir me regarder dans le miroir tous les jours. Et aussi me voir dans le regard des autres, tel que je suis vraiment.

Charles quitte son siège et vient se poster près de lui.

— Je vais aussi m'acheter un vieux baril et des baguettes, renchérit Olivier.

— Pour quoi faire?

— De la musique, de la batterie. Ça défoule, tu ne peux pas imaginer! Trois gars d'Austin m'ont fait essayer ça. C'est génial!

— Je connais l'un d'eux, déclare Charles. Il se nomme Thomas et vient prier à la chapelle tous les dimanches.

Olivier écarquille les yeux de surprise.

— Étonné?

— Je n'aurais jamais cru que…

— Si tu restais un peu plus longtemps parmi nous, tu serais surpris de voir toutes les personnes qui viennent ici.

— Des personnes connues?

— Je ne dévoilerai pas de noms, mais tu en vois régulièrement quelques-unes à la télévision, et même au cinéma.

Olivier laisse échapper un sifflement admiratif.

— Il n'y a pas que des « vieilles pantoufles » ici, tu sais, ironise Charles.

— Revenons à ton histoire, propose Olivier pour changer de sujet. Pourquoi restes-tu encore ici s'il n'y a pas eu d'accusation portée contre toi?

— J'y ai trouvé une telle paix, un tel bonheur au

quotidien que je ne voulais plus me passer du calme et du silence de ces lieux. Mais aussi à cause d'une promesse faite à Éléonore, sous les pommiers, un après-midi du mois d'août.

— Quelle promesse ?

— Celle de lui tenir la main quand elle fermera les yeux pour toujours.

Une telle confidence fait frissonner Olivier jusqu'à la moelle. Il fixe son oncle, dont le visage rayonne d'une lumière surnaturelle.

Olivier comprend alors le sens du mot amour que les poètes de tous les temps ont su chanter. Un amour pur, mélange de don de soi, de compassion, de tendresse et de pardon.

— C'est pour me préparer à ce grand moment que je suis resté. Le Supérieur m'a proposé de porter la bure de postulant pour ainsi vivre plus aisément au rythme de la communauté. Grâce à cette cure de silence, j'ai pu apprivoiser mes peurs et me préparer à vivre intensément les derniers moments de la vie terrestre d'Éléonore. C'est un grand privilège, un moment unique que je ne raterais pour rien au monde.

— Tu veux donc tout changer ?

— Pas tout. Je suis et serai toujours Charles Poliquin, informaticien de renom, mais je ne veux plus vivre comme avant l'accident. Cette vie n'est plus qu'un reflet de ce que j'ai voulu paraître. Quand je ferme les yeux, je trouve la paix à l'intérieur de moi. Je suis bien. Je vis en paix avec moi-même, et je sais que tenir la main d'Éléonore au crépuscule de sa vie fait partie de la mission pour laquelle j'ai été créé, tout comme aider les moines à programmer un site informatisé pour faire connaître les produits qu'ils fabriquent, ainsi que promouvoir les possibilités d'hébergement de leur magnifique monastère.

— Crois-tu en Dieu, oncle Charles? demande Olivier de plus en plus chamboulé par ces confidences.

— Si c'est le nom que tu donnes à une forme d'énergie existant en chacun de nous, et qui nous rend capables, par la seule pensée d'amour et de bonté, de changer le monde, alors oui, je crois en Dieu. Je crois surtout qu'en nous réside à la fois l'infiniment petit et l'infiniment grand, et que toute chose vit en nous et par nous.

— Je n'ai jamais entendu quelqu'un m'expliquer la foi comme ça, déclare Olivier, de plus en plus attentif.

— Le siècle actuel nous pousse tous à consommer, posséder et paraître. Cette manière de vivre constituait l'essentiel de mon quotidien. Je croyais tout savoir, avoir un pouvoir grâce à mon argent, contrôler ma destinée. Mais je me trompais… Ici, j'ai compris que je dois écouter la voix de ma conscience. C'est là ma quête spirituelle. Le reste n'a pas d'importance…

Les cloches annonçant les mâtines retentissent dans le petit matin.

— Tu dois être fatigué, laisse tomber Charles. Je t'ai gardé éveillé toute la nuit avec mon histoire. De plus, nous n'avons même pas abordé ton problème. Je ne suis pas un très bon conseiller.

— Au contraire, tu m'as beaucoup aidé.

Charles se lève, rajuste la cordelette autour de sa taille et, d'un seul mouvement, lui ouvre grand les bras.

Comme lorsqu'il était petit, Olivier s'y précipite sans aucune retenue. Les deux hommes s'étreignent tendrement jusqu'à ce que le chant des cloches résonne à nouveau. Charles dépose un tendre baiser sur les mèches rebelles de son filleul avant de se détacher de lui.

— Dès aujourd'hui, nous empruntons chacun de notre côté un chemin difficile. Laisse ta conscience guider tes actions. Tu ne pourras pas faire fausse route.

— Quand Éléonore va-t-elle mourir ?

— Dans quelques jours.

— Souffre-t-elle ?

— Les médicaments la soulagent, mais diminuent aussi ses facultés sensorielles. J'ai engagé deux infirmières qui vont demeurer près d'elle vingt-quatre heures sur vingt-quatre.

— Tu l'aimes ?

— Oui.

Une larme brille au coin des yeux de celui à qui, encore plus aujourd'hui, l'adolescent voue une admiration sans bornes.

— Je vais prier pour vous deux, souffle Charles.

Sans plus attendre, il quitte la cellule.

— Je viens avec toi ! s'exclame Olivier en lui emboî-
tant le pas.

14

Le destin

— Ne t'en fais pas pour lui, maman, je n'ai jamais vu Charles aussi heureux.

— N'empêche ! Ce doit être tellement difficile de voir mourir la personne qu'on aime.

— Charles était très serein, confirme Olivier. Il m'a dit qu'il ne manquerait pas ça pour tout l'or du monde.

Yves arrive en trombe dans le salon, suivi d'Anne-Marie Langlois, une ancienne camarade de collège devenue avocate en droit criminel.

— Je te présente Christine, ma femme, et mon fils Olivier.

— Enchantée, dit-elle dans un sourire en leur tendant successivement la main.

— Puis-je parler seule à seul avec toi ? demande-t-elle à Olivier.

— Je croyais que… commence Christine qui ne voudrait pas être mise à l'écart encore une fois.

— Je dois d'abord m'entretenir avec votre fils, Christine. Ensuite, je vous ferai savoir si j'ai besoin de vous.

Le ton tranchant ne tolère aucune réplique.

— Passez tous deux dans mon bureau, propose Yves. Vous serez plus tranquilles.

Olivier obtempère et se dirige vers la petite pièce adjacente au salon, l'avocate sur les talons.

Aussitôt la porte refermée, Anne-Marie dépose son porte-document de cuir par-dessus les dossiers qui traînent sur le bureau, mais ne l'ouvre pas. Elle se tourne vers Olivier qui se tient debout à quelques centimètres de la chaise réservée aux clients.

— Je dois d'abord te dire que j'ai fait une petite enquête avant de venir ici. J'ai vérifié si une plainte pour agression sexuelle avait été déposée dernièrement au poste de police du quartier. Rien. De toute évidence, la jeune Tanzahari et ses parents n'en ont pas fait.

— Alors ?

— Pas de plainte, pas d'accusation possible.

— Et si moi, je fais des aveux ? Si je ne parle pas seulement de cette affaire, mais aussi de tous les autres méfaits de la bande à Blondeau ?

— Une enquête sera peut-être ouverte jusqu'à ce qu'il y ait prescription. En termes clairs, au bout d'un certain temps, et faute de plaintes supplémentaires, l'action publique s'éteint en matière de poursuites ou de sanctions légales.

Anne-Marie fait le tour du bureau et vient se planter devant Olivier qui ne comprend pas très bien tout ce charabia.

— Je sais que tu veux que la justice intervienne contre ces vauriens afin qu'ils paient pour les délits qu'ils commettent sans arrêt, mais je crois que tu vas te placer dans une très fâcheuse position. La délation, tu sais, ce n'est pas quelque chose à faire les yeux fermés. Tu dois savoir qu'ils vont essayer de t'intimider, peut-être même vont-ils vouloir se venger.

— Je n'ai pas peur de ce qui va m'arriver. Le pire est derrière moi. Je me suis juré de les dénoncer, et je le ferai.

— Ce sera ton témoignage contre les leurs, alors. Si c'est sur toi que retombe le blâme, tu devras accepter les conséquences de ta délation.

Anne-Marie sourit et pose une main apaisante sur l'épaule d'Olivier qui la dévisage longuement.

— Tu es un garçon très courageux, et surtout très décidé.

— Je veux que la paix revienne dans mon école. Je ne le fais pas seulement pour moi, mais pour tous les gars et les filles qui demeurent silencieux et qui voudraient pourtant dire haut et fort qu'ils ne veulent plus subir l'intimidation constante de Blondeau.

— Ça, c'est une bonne idée! Si tu convainquais d'autres élèves de ton école de déposer une plainte, tes chances seraient meilleures.

— Je ne veux pas impliquer d'autres personnes dans cette affaire. C'est mon problème, et je veux le régler tout seul.

Anne-Marie retire sa main, retourne derrière le bureau, ouvre son porte-document et en sort un calepin. Elle s'assoit dans le fauteuil, cherche un stylo, en aperçoit un qui traîne, s'en empare et commence à écrire.

— Je vais rédiger une note que j'enverrai avant tout au directeur de ton école pour le mettre au courant de notre démarche.

Olivier extirpe de sa poche de pantalon la lettre qu'il a écrite le soir de la visite d'Éléonore et la lui tend.

— J'aimerais plutôt lui donner celle-ci.

Maître Langlois la prend, y jette un coup d'œil rapide avant de la remettre à son propriétaire.

— On peut toujours commencer par ça. On verra ensuite ce qui se passera. Je te conseille néanmoins de la remettre au directeur en personne. Et pourquoi pas accompagné de tes parents? Ça aurait sûrement plus de poids! Ton père est un homme intègre et juste, très respecté dans le milieu de la finance. Tu dois être fier de lui?

— Oui, répond l'adolescent qui reçoit, pour la première fois de sa vie, un témoignage élogieux au sujet de son père.

Anne-Marie remet le stylo à sa place sur le bureau. Elle enfouit ensuite le calepin dans son sac, qu'elle referme d'un geste mille fois répété. Elle se lève et contourne le meuble de pin clair, pour rejoindre l'adolescent qui est déjà devant la porte.

— Je suis certaine que tout va s'arranger, rassure-t-elle. De toute manière, tu m'as l'air d'un garçon pas mal déterminé.

Elle lui sourit, ouvre la porte et lui emboîte le pas.

Dans le salon, Christine fait la conversation à Julien et à Patrice.

— Le voilà, justement! déclare-t-elle.

— Que faites-vous ici? demande Olivier, surpris.

— On a quelque chose à te dire, répond Julien.

Christine, s'éloignant des trois garçons, s'approche de son mari qui est en grande conversation avec l'avocate.

Patrice lance un regard en biais au trio des adultes.

— Qui c'est?

— Une amie de mon père, une avocate.

— Une avocate? Ne me dis pas que…

— Elle est juste venue me donner des conseils, coupe Olivier, qui ne veut pas donner trop d'information à son copain.

Il se tourne vers Julien et ajoute :

— Que se passe-t-il? Avez-vous des nouvelles de Salomé?

— On voulait savoir si tu reviens à l'école bientôt.

— Pourquoi ?

— C'est Blondeau… commence Patrice. Je crois qu'il sent la soupe chaude et il nous traque de plus en plus.

— Je suis persuadé qu'il nous a suivis jusqu'ici, enchaîne Julien.

— Il ne me fait pas peur, dit Olivier. Et vous ne devriez pas, vous non plus, avoir peur de ce voyou.

Julien sort de dessous son chandail une feuille de papier sur laquelle on peut lire ces mots en caractères d'imprimerie :

FAIS ATTENTION QUAND TU REMETTRAS
LES PIEDS À L'ÉCOLE,
UN COMITÉ D'ACCUEIL T'ATTEND !

— Nous avons trouvé ça sur ta case ce matin, explique Julien.

— Je l'ai enlevé avant que le concierge le voie et le jette à la poubelle, précise Patrice.

Olivier s'empare du papier froissé, et va le brandir sous le nez de l'avocate.

— C'est parti ! laisse-t-il tomber. Je ne peux plus faire marche arrière.

Il se tourne vers son père.

— Papa, j'ai besoin de toi. Veux-tu venir avec moi rencontrer le directeur ?

D'abord médusé par cette demande, Yves jette un regard vers Christine, qui lui sourit. Puis, oubliant les deux femmes, il entoure affectueusement les épaules de son unique fils.

— On va régler cette histoire-là, une bonne fois pour toutes !

Passant près de Julien et de Patrice, Olivier les invite :

— Si ça vous tente de venir avec nous, ne vous gênez pas ! Plus on est nombreux, plus on est forts ! lance-t-il à la cantonade.

Après quelques secondes d'hésitation, les deux amis suivent le duo formé par le père et le fils. Ils sont quatre désormais, le cœur gonflé d'espoir.

* * *

Il est dix-sept heures.

Quatre heures se sont écoulées depuis qu'Olivier et son père sont sortis du bureau du directeur de la polyvalente.

La famille Leblanc est attablée devant une lasagne fumante quand la sonnerie du téléphone retentit.

— J'y vais, dit Olivier en quittant rapidement sa place.

Il décroche avant même que retentisse de nouveau la sonnerie.

— Allô !

— Bonjour, ici monsieur Joffe, le directeur de l'école. Pourrais-je parler à monsieur Yves Leblanc s'il vous plaît ?

— Un instant, je vous le passe.

D'une main tremblante, Olivier repose le combiné et hésite un moment. Il inspire profondément afin de calmer les battements de son cœur. Une peur monstrueuse lui serre les entrailles, au point de lui ôter tout appétit.

Intrigué par le silence de son fils, Yves l'a rejoint.

— Qui est-ce ? demande-t-il, inquiet à la vue du teint livide d'Olivier.

— Le directeur. Il veut te parler.

Yves attrape immédiatement le combiné.

— Bonjour monsieur…

Une lourdeur inhabituelle dans le ventre, Olivier revient dans la cuisine et se laisse choir sur sa chaise avant de cacher son visage dans ses mains. Il combat une envie de pleurer qui, s'il y cédait, il le sait, mettrait sa mère dans tous ses états.

— Ça va ? demande d'ailleurs cette dernière.

— Oui, oui, ne t'en fais pas, dit le garçon en découvrant son visage et en s'efforçant de sourire. J'ai juste une trouille incroyable.

— Je suis certaine que tout va se tasser et que tu pourras retourner à la polyvalente très bientôt. Aie confiance !

— As-tu des nouvelles de Charles ?

— Non. Pourquoi ? Devrais-je en avoir ?

— Pas vraiment, mais s'il téléphone, dis-lui que j'aimerais lui parler. Enfin, s'il en a le temps.

Sur ces entrefaites, Yves revient dans la cuisine.

— Ça y est ! annonce-t-il en frottant ses mains l'une contre l'autre. Une enquête *intra-muros* a débuté dès notre départ, au cours de laquelle beaucoup d'étudiants sont venus corroborer ton témoignage. Résultat : Xavier Blondeau et sa mère ont été sommés de comparaître devant un comité formé de membres de la direction et de parents qui leur ont fait savoir que des plaintes avaient été déposées contre lui et sa bande et que, s'il ne voulait pas que cette affaire aboutisse devant le tribunal de la jeunesse, il devait se plier à leurs exigences et respecter certaines conditions.

— Sa pauvre mère, elle doit être dans tous ses états ! compatit Christine en servant une bonne portion de lasagne à son mari.

— Quelles exigences ? s'inquiète Olivier.

— Tout d'abord, il est expulsé de l'école pour une durée indéterminée, période durant laquelle il sera pris en charge par un intervenant social, nommé par le Service de la protection de la jeunesse. Il devra demeurer chez lui, observer un couvre-feu, et ne pas entrer en contact avec les élèves de l'école. Il devra aussi faire des heures de travaux communautaires.

— Et Salomé Tanzahari ? interroge Olivier. A-t-elle porté plainte elle aussi ?

— À ce qu'il paraît, ses parents ne veulent pas faire de remous avec cette histoire. Ils préfèrent même se retirer de l'affaire. Ils disent que ça pourrait nuire à l'avenir de leur fille qui, tu le sais peut-être, a préféré terminer ses études secondaires dans une école privée. Ils souhaitent ne pas attirer l'attention médiatique sur elle, ni sur Xavier Blondeau d'ailleurs, qui serait bien capable de se servir de cette couverture pour se créer une image de vedette.

— Mais c'est insensé! s'exclame Olivier. Salomé doit porter plainte.

— Elle préfère sûrement oublier cet incident et pardonner, conclut Christine en regardant son fils droit dans les yeux. En tout cas, moi, je serais contente qu'elle pardonne à tous ses agresseurs.

Olivier soutient le regard de sa mère sans sourciller avant de hocher doucement la tête.

— Tu as raison.

Dans la poitrine d'Olivier, un poids énorme s'envole. Le cœur léger, il envisage de retourner à l'école sans crainte d'y subir les contrecoups de sa délation, ou pis encore, de s'y faire accueillir en paria.

Une idée lumineuse germe alors dans son cerveau. Repoussant brusquement sa chaise, il quitte la table en coup de vent et court vers le téléphone.

— Où vas-tu encore? lui reproche Christine.

Yves pose une main apaisante sur le poignet de sa femme.

— Laisse ! Il sait ce qu'il fait.

Dans le vestibule attenant au salon, le récepteur au creux des mains, Olivier attend impatiemment que le destinataire décroche enfin.

— Julien ? C'est Olivier. Rejoins-moi demain devant ma case. J'ai quelque chose à te proposer.

— D'accord !

— Merci !

— Olivier ?

— Oui ?

— Je suis très heureux d'être encore ton ami.

— Moi aussi. Bye !

Olivier raccroche, le cœur léger et la tête pleine de projets.

15

La récompense

Dans l'auditorium de la polyvalente Duchesnay, les préparatifs pour le gala Méritas de fin d'année battent leur plein.

Depuis bientôt huit mois, Olivier, Julien et Patrice ont travaillé d'arrache-pied à concevoir des séances d'animation qu'ils ont présentées dans presque toutes les écoles primaires et secondaires de la région. Ils ont aussi dessiné des affiches dénonçant la violence et les abus de pouvoir de toutes sortes, qui sont placardées sur les murs des corridors. Encouragés par la direction de la polyvalente et les parents, ils ont organisé une journée d'information durant laquelle des groupes d'intervenants sociaux sont venus répondre aux questions de centaines d'élèves.

Parmi ceux-ci, dom Samuel, avec sa stature imposante et surtout son habit de moine, en a impressionné plus d'un.

Dans sa conférence, il a été question de silence, de retraite, de méditation, de pardon, de travail et de prière ainsi que des difficultés propres aux jeunes d'aujourd'hui.

Olivier a aussi installé une multitude de miroirs aimantés sur les portes des cases, au-dessus desquels on peut lire :

T'ES-TU REGARDÉ DANS LE MIROIR, AUJOURD'HUI ?

— J'espère que ce sera une belle soirée ! s'exclame-t-il.

— Ce sera une SUPER soirée, lui confirme Julien.

— Déjà la fin de l'année ! soupire Patrice. Pour une fois, j'aurais voulu rester plus longtemps.

— Tu ne voudrais tout de même pas passer l'été ici ? raille Julien. C'est du masochisme !

— Tu comprends très bien ce que je veux dire, réplique Patrice. On a eu tellement de plaisir depuis que Blondeau a quitté l'école. Et surtout depuis que nous avons commencé les animations avec toi, Olivier.

— Ouais… Grâce à toi, nous avons eu une année formidable ! renchérit Julien.

— Je n'aurais rien pu faire sans vous non plus, proteste modestement Olivier. Je vais vérifier l'éclairage une dernière fois.

Prenant congé de ses amis, il se dirige vers le fond de la salle. Une fois à l'abri de leurs regards, il retire une lettre d'une chemise cartonnée déposée sur un siège proche de la console lumineuse. À la lueur d'une petite veilleuse placée tout près, il relit pour la quatrième fois la missive signée de la main de son oncle Charles.

Mon cher Olivier,

Voilà plusieurs mois que nous nous sommes quittés devant l'abbaye dont je ne suis sorti que pour prendre soin d'Éléonore. J'ai vécu un jour à la fois le bonheur d'être à ses côtés ; des jours remplis de la simple joie de la voir heureuse, bien que résignée à faire face à sa mort prochaine. Le diagnostic du médecin était juste, mais elle a vécu plus longtemps qu'il ne l'avait prédit, et je remercie le ciel de m'avoir donné la chance de la connaître davantage.

Hier, tandis que le soleil déclinait à l'horizon, à sa demande, je l'ai transportée sous les pommiers. Je l'ai étendue sur une couverture et me suis agenouillé à ses côtés. Nous avons prié ensemble en nous tenant la main. Puis, dans un sourire, Éléonore a rendu l'âme…

J'ai déjà lu quelque part que nous ne sommes pas responsables de la manière dont nous sommes compris, mais le sommes davantage de celle dont nous sommes aimés. En tenant la main d'Éléonore, j'ai su que Dieu me gratifiait d'un amour sans pareil.

Mon souhait est que, toi aussi, tu sois aimé comme elle m'a aimé. Tu le mérites vraiment.

J'espère te revoir à nouveau dans ce monastère, qui « sent la vieille pantoufle », et que j'ai décidé de ne plus quitter. Tu y seras toujours le bienvenu.

De Charles qui t'aime de tout son cœur.

Une larme tombe sur le papier éclaboussant les lettres tracées à l'encre bleue.

— Alors, tu les testes, ces lumières ? tonne Julien.

— Je crois qu'elles sont bien orientées, ment Olivier en replaçant la lettre dans la chemise cartonnée. Allons nous préparer pour la fête.

— Excellente idée ! s'écrient en chœur Patrice et Julien en courant rejoindre Olivier qui a déjà quitté l'auditorium, la chemise bien serrée sous son bras.

*   *   *

Après un bon souper, Olivier s'est réfugié dans sa chambre pour un court moment de solitude. Il en a profité pour ranger la dernière lettre de son oncle dans un coffret, à côté des autres billets signés de sa main, récoltés durant son trop court séjour au monastère. Il s'est ensuite empressé de revêtir ses plus beaux vêtements et d'apporter une touche finale à sa coiffure.

— Pas mal du tout !! s'est-il lancé en se souriant dans le miroir.

Il a ensuite quitté la maison en compagnie de Christine et d'Yves qui, eux aussi, s'étaient mis sur leur trente et un.

Dès leur arrivée, Olivier a couru à l'auditorium vérifier si tout était prêt. Quelques secondes plus tard, M. Joffe, le directeur de la polyvalente, montait sur la scène, se plaçant derrière le lutrin afin de répéter à mi-voix le discours qu'il savait pourtant par cœur.

— Te voilà ! s'écrie Julien en arrivant aux côtés d'Olivier.

— Je ne suis pas en retard, riposte Olivier.

— Qui te parle de retard ? Ne panique pas ! Tout va bien ! Tout va bien ! Respire ! Respire !

Une fois prêt, le directeur fait un signe aux portiers pour qu'ils laissent entrer les invités. Un flot continu d'élèves et de parents s'empressent vers les sièges dans un joyeux brouhaha.

Une fois tout le monde assis, monsieur Joffe demande le silence :

— Mesdames, mesdemoiselles, messieurs ! Je suis heureux de présider ce gala, qui rend hommage au mérite de nos étudiants et de nos étudiantes pour l'année scolaire qui se termine dans deux jours…

Julien se rapproche d'Olivier, qui demande au technicien de son de hausser un peu le volume du micro.

— Patrice nous a réservé des places. Viens vite !

— Oui, oui, j'arrive ! répond-il, d'un ton impatient.

Après avoir donné ses dernières directives au technicien, Olivier suit son ami jusqu'à la cinquième rangée. Les deux copains prennent aussitôt place dans de beaux fauteuils au tissu bourgogne.

— Je pensais que vous m'aviez oublié ! reproche Patrice.

— Comment pourrions-nous t'oublier, tu nous surveilles tout le temps ! taquine Julien.

Patrice lui décoche une chiquenaude, tandis qu'Olivier les somme de se tenir tranquilles et d'écouter le discours du directeur.

— … et je voudrais amorcer cette soirée, en rendant un hommage particulier à un groupe d'étudiants qui ont su se tenir debout dans l'adversité. Qui ont su témoigner d'un sens des responsabilités et surtout d'un engagement qui sont assez rares chez les jeunes de leur âge.

— Ce n'est pas le discours qu'il a répété cet après-midi, chuchote Patrice.

— Chut ! Écoute ! ordonne Olivier.

— Ces jeunes gens, convaincus de pouvoir changer les choses en se donnant le droit de dire la vérité, ont incité les autres élèves à agir selon leur conscience. Ce soir, nous voulons leur dire notre fierté de les compter parmi les élèves de la polyvalente Duchesnay. Nous voulons par-dessus tout leur prouver notre gratitude d'avoir fait revivre un climat de paix dans notre école. Nous leur avons donc préparé une ouverture à leur mesure.

Levant le bras droit, il s'exclame haut et fort :

— Les gars, c'est à votre tour !

Aussitôt des roulements de tambours remplissent la salle surchauffée. Sous les applaudissements, les sifflements et les cris du public en liesse, la joyeuse bande des percussionnistes d'Austin descend l'allée, précédée de dom Samuel dans son habit monacal, frappant lui aussi sur un grand baril de plastique bleu.

Soufflés, Olivier, Julien et Patrice ne bougent pas, à peine conscients que ce *momentum* leur est réservé.

Arrivé à la hauteur d'Olivier, dom Samuel lui tend les baguettes.

— Tu as plus de talent que moi, dit-il en se débarrassant du baril. Lève-toi !

Et le moine lui installe en vitesse les courroies sur les épaules.

Pendant ce temps, tous les élèves frappent dans leurs mains, battant la mesure imposée par Thomas et ses compagnons.

— Salut *man* ! Content de te revoir ! crie Antoine pour bien se faire entendre.

— Grouille un peu, on a un *show* à donner ! lui lance Gabriel.

Olivier s'exécute. À la suite de la joyeuse bande, Olivier, Julien et Patrice montent sur scène.

Heureux comme un roi, Olivier frappe à s'en rompre les poignets.

Il songe alors à Charles, à Éléonore, au clochard de la baie de l'abbaye, à Salomé.

— C'est pour vous tous que je suis ici ce soir, murmure-t-il en mariant sa fougue à celle de ses compagnons et amis.

Le moment est magique.

Dans la salle, l'auditoire est envoûté. Certains ferment les yeux se laissant pénétrer par ce rythme primitif, tandis que d'autres dodelinent simplement de la tête.

Quand les musiciens mettent enfin un terme à leur prestation, les hourras et les bravos fusent de toutes parts. Ils lèvent ensuite leurs bras en signe de remerciements et reculent de quelques pas afin de laisser la place au directeur qui reprend la parole :

— Au nom de la direction de la polyvalente Duchesnay, du comité de parents et de tous les étudiants, je suis heureux de vous remettre ces certificats d'excellence soulignant votre courage et surtout votre engagement au sein de notre école et de notre société.

Olivier, Julien et Patrice reçoivent les parchemins roulés, fermés d'un ruban bleu, sous les ovations et les applaudissements. Tout joyeux, ils les brandissent au-dessus de leurs têtes. Les applaudissements reprennent de plus belle quand les musiciens s'exécutent à nouveau.

Sur un signe du directeur, les musiciens escortent les récipiendaires jusqu'à leurs places et soulagent ensuite Olivier de son encombrant instrument et de ses baguettes.

— Merci d'être venus pour moi, les gars ! dit Olivier, ému.

— C'est rien, *man* ! On est fiers de toi, nous aussi, réplique Gabriel.

— Quand viens-tu nous rendre visite à Austin ? demande Tootsie.

— En juillet.

— C'est un rendez-vous, alors ? insiste Thomas.

— Je ne manquerais pas ça pour tout l'or du monde, rétorque Olivier.

Les trois compagnons musiciens lèvent la main en signe d'au revoir.

— Thomas, interpelle Olivier, quand tu iras au monastère, demande le frère Charles et dis-lui que je pense souvent à lui.

— Je le lui dirai sans faute, promet-il.

Ses deux doigts forment un V, signe universel de la victoire et de la liberté.

Les trois complices et camarades se sourient.

Olivier serre bien fort entre ses mains le certificat d'excellence qui ira, dès ce soir, rejoindre les lettres de Charles dans le coffret.

16

Le pardon

Il est minuit.

Dehors, la nuit est claire et la lune projette des reflets argentés sur le parquet de la chambre d'Olivier qui ne dort pas. Accroupi près de la fenêtre, il laisse la brise légère caresser son front en sueur. Sur ses genoux, un bloc de papier à lettres arborant de jolies pervenches aux quatre coins, entre ses doigts nerveux, un crayon s'agite.

Olivier porte nerveusement le bout du crayon à ses lèvres, lève les yeux vers la lune avant de reporter son attention et sa main vers la feuille vierge.

Lentement, comme si chaque mot était précieux, il écrit :

Salomé,
Je t'écris cette lettre parce que je veux que tu saches

combien je suis désolé pour ce que je t'ai fait. J'ai agi en vrai
salaud, sans penser aux conséquences.

Olivier relève la tête.

— Va-t-elle seulement me croire ? murmure-t-il
dans la nuit.

Il soupire avant de continuer sa lettre.

Je veux aussi te dire combien j'ai admiré ta dignité et
ton sang-froid.

J'ai dénoncé Blondeau et les autres gars qui t'ont fait du
mal. J'ai aussi avoué que j'étais coupable. Je veux que tu le
saches, car je ne veux pas que tu me penses malhonnête et
déloyal. J'ai fait cette dénonciation pour que cessent les inti-
midations et pour que la paix revienne dans l'école.

J'aurais aimé que tu puisses, toi aussi, profiter du
meilleur climat qui règne désormais dans l'école, mais tu es
partie.

Ç'aurait tellement été plus simple de te parler, et sur-
tout de m'excuser en personne. Mais ça semble impossible
pour le moment.

Par cette lettre, je veux te dire que le soir où je t'ai
embrassée de force, j'ai compris que ce n'était pas comme ça
que j'aurais voulu te connaître.

Pas comme ça non plus qu'on traite une fille ou n'im-
porte quel être humain.

Depuis ce soir-là, je pense souvent à toi. Tu vas sûre-

ment me traiter de fou malade ! J'obéis simplement à mon cœur qui dicte à ma main ce qu'elle doit écrire…

Peut-être nous reverrons-nous un jour ! Peut-être pas ! Sache en tout cas que je ne t'oublierai jamais.

J'espère que tu me pardonneras. Ce serait pour moi le plus beau cadeau du monde.

De celui qui ne t'a jamais voulu de mal,

Olivier Leblanc

Il relit la lettre, la plie avant de l'insérer dans une enveloppe déjà adressée à Salomé Tanzahari.

Olivier est heureux. Il a enfin eu le courage de l'écrire, cette lettre. De faire une chose à la fois simple et complexe : s'excuser, demander pardon.

— L'avant-dernier morceau de puzzle est en place, s'encourage-t-il tout bas. Ne reste plus qu'à attendre sa réponse.

Peut-être ne te répondra-t-elle jamais, lui susurre la petite voix.

— Dans ce cas, il manquera un tout petit morceau au casse-tête de ma vie. Un trou minuscule, la preuve que rien n'est jamais terminé, et que tout est toujours possible.

Table des matières

Imprimé sur du papier 100% postconsommation,
traité sans chlore, certifié Éco-Logo
et fabriqué dans une usine fonctionnant au biogaz.

MISE EN PAGES ET TYPOGRAPHIE :
LES ÉDITIONS DU BORÉAL

ACHEVÉ D'IMPRIMER EN SEPTEMBRE 2007
SUR LES PRESSES DE MARQUIS IMPRIMEUR
À CAP-SAINT-IGNACE (QUÉBEC).